Hermann Metz

Das Bonsaibuch für jedermann

Miniaturbäume – selbst gezogen

Kosmos
Gesellschaft der Naturfreunde
Franckh'sche Verlagshandlung
Stuttgart

28 Farbfotos von GLORIA Werke (1), Dr. Krassai (6), G. Leprêtre (2), P. Lesniewicz (2), H. Metz (4), Foto-Mühlbauer (9), P. Notter (3), und roebild-Ernst Müller (1)
31 Zeichnungen von J. Dittmar (28) nach Vorlagen des Verfassers und von H. Metz (3)

Umschlaggestaltung von Edgar Dambacher unter Verwendung eines Dias von P. Lesniewicz, Bonsai-Centrum, Heidelberg

CIP-Kurztitelaufnahme der Deutschen Bibliothek

Metz, Hermann:
Das Bonsaibuch für jedermann : Miniaturbäume – selbst gezogen / Hermann Metz. – Stuttgart : Franckh, 1983.
Kosmos-Florarium in Farbe)
ISBN 3-440-05221-4

Franckh'sche Verlagshandlung,
W. Keller & Co., Stuttgart / 1983

Printed in Italy / Imprimé en Italie / LH 14 os
ISBN 3-440-05221-4
Satz: Fotosatz Stephan, Stuttgart
Herstellung: Grafiche Muzzio, Padua / Italien

Bild 1, Seite 2. Japanischer Fächerahorn. Felsenbonsai mit abwechslungsreicher Unterpflanzung. Foto P. Lesniewicz, Bonsai-Centrum, Heidelberg.

Das Bonsaibuch für jedermann

Bonsai für Europäer?

Kein Zweifel: Das japanische »Bäumchen im Topf«, der Bonsai, gewinnt in Europa immer mehr begeisterte Freunde. Viele Menschen suchen hier nach einem Ausweg aus der Einbahnstraße des Konsums und richten dabei ihren Blick verstärkt auf Möglichkeiten, die ihnen ein neues Verhältnis zur Natur erschließen könnten.

Ursprünglich in China zu Hause, wurde Bonsai jahrhundertelang vom japanischen Adel zur Kunst entwickelt. Nach seinem Einzug in die Vereinigten Staaten, wo viele naturalisierte Japaner leben, und in England, findet es auch auf dem europäischen Festland mehr und mehr Anhänger. Diese fesselnde Freizeitbeschäftigung hat, wie kaum ein anderes Kulturelement aus Übersee, gute Chancen, sich auch in unsere westliche Zivilisation einzugliedern.

Bäumchen im Topf heranzuziehen, betrachte ich als einen Entwicklungsprozeß, der einer jahrelangen Lehrzeit gleichkommt. Dieses Buch will den praktischen Einstieg erleichtern und damit helfen, Mißerfolge zu vermeiden. Den Blick für das Wesentliche muß sich der Bonsai-Freund durch geduldiges Üben erarbeiten. Die eigentliche Bonsai-Kunst aber läßt sich ebensowenig wie die Bildhauerei oder Malerei erlernen – sie kommt von innen heraus.

Spezielle Techniken wie das Veredeln, das Abmoosen, besondere Alterungsverfahren sowie die Wald- und Felsenpflanzung (Bild 1) setzen für gutes Gelingen reiche Erfahrung voraus, die nur der Fortgeschrittene in mehrjähriger Praxis erworben hat. Diese Themen werden daher lediglich am Rande angesprochen oder ganz ausgespart.

Gemäß der Zielsetzung des Buches, dem Bonsai-Anfänger behilflich zu sein, wurde bewußt darauf verzichtet, japanische Bonsai-Meisterwerke abzubilden. Solche Motive könnten dem Anfänger zwar den Weg weisen, blieben ihm aber in der Phase des Lernens so unerreichbar wie dem angehenden Klavierspieler das Spiel des Virtuosen.

Dagegen möchte ich zeigen, welchen beachtlichen Stand europäische Bonsai-Freunde inzwischen erreicht haben. Den Herren P. Notter (Schweiz), Dr. A. Krassai (Schweiz) und G. Leprêtre (Frankreich) darf ich an dieser Stelle herzlich dafür danken, daß sie mich in diesem Bemühen so wohlwollend unterstützt haben. Ihre Topfbäumchen besitzen einen Reiz, dem man sich kaum entziehen kann. Damit weisen uns diese drei Meister den Weg zu einer europäischen Bonsai-Kunst.

Hermann Metz

Bild 2. Blühender Zierapfelbaum. Foto P. Lesniewicz, Bonsai-Centrum Heidelberg.

Was Bonsai ist und – nicht ist

Zu deutsch heißt Bonsai »Baum im Topf«. Diese einfache Übersetzung sagt nur wenig über das Wesen der Bonsai-Kultur aus. Die Skala der möglichen Betrachtungsweisen reicht vom oberflächlichen Aspekt der Baumgröße über die biologische Frage, warum ein Bonsai klein bleibt, bis hin zur geschichtlichen Herkunft mit einem breiten kulturellen Hintergrund.
Die Beantwortung der Frage, wie ein Gehölz zum Bonsai wird und welche Ursachen für diese ungewöhnliche Art des »Zwergwuchses« verantwortlich sind, mag fürs erste ausreichend Licht in das geheimnisvolle Dunkel bringen.
In der Regel entstehen Bonsais aus Pflanzenarten, die von ihren Anlagen her zu meterhohen Bäumen heranwachsen könnten, wie wir sie überall in der Natur antreffen. Ein Bonsai soll aber durch unser Eingreifen auch nach Jahrzehnten die Höhe von 1 m nicht überschreiten. Daraus ergibt sich schon für die Auswahl eine Einschränkung: Die Größe von Blättern und Nadeln soll in einem möglichst harmonischen Verhältnis zu den Bonsai-Ausmaßen stehen. So scheiden für mich Walnuß und Kastanie lediglich wegen ihrer großen Blätter als Bonsai-Anwärter aus.
Andererseits sollte man sich nicht zu stark auf Gehölze verlegen, die auf Zwergwuchs gezüchtet sind, da sie eine besondere Formung und Gestaltung kaum nötig haben. Gerade hierin aber liegen die schöpferischen Möglichkeiten für den Bonsai-Freund.
Warum erreicht nun eine Buche, die in der freien Natur etwa 35 m hoch würde, in unserem Topf nur Kniehöhe? Vergleichen wir einige Buchen, die zwar natürlich, aber unter verschiedenen Bedingungen herangewachsen sind, so läßt sich daraus eine teilweise Antwort ableiten: Wo Pflanzen in der Natur extremen Standortbedingungen ausgesetzt sind, passen sie sich durch geringe Zuwachsraten und besondere Wuchsformen den Gegebenheiten an. Eine wichtige Rolle spielen dabei intensive Sonneneinstrahlung, lang anhaltende, starke Winde, unausgeglichene Bodenfeuchtigkeit und spärliches Nahrungsangebot.
Die im Gebirge ein kärgliches Leben fristenden Krüppelkiefern lassen in ihrem ganzen Erscheinungsbild deutlich den unaufhörlichen Kampf mit Wind, Hagel, Schnee und starken Klimaschwankungen erkennen.
Solche Beobachtungen zeigen dem Bonsai-Gestalter, worauf es ankommt: Die Witterungseinflüsse sind das notwendige »tägliche Brot« für seine Bäumchen. Bonsais, die unserer heimischen Baumwelt entstammen, haben zu keiner Jahreszeit etwas in der Wohnung zu suchen.
Wichtiger aber als die Witterungseinflüsse ist das wohlüberlegte Schneiden am Stamm, an Ästen und Zweigen sowie an den Wurzeln. Dadurch läßt sich das Weiterwachsen in beliebiger Höhe unterbrechen oder in eine andere Richtung lenken. Durch den Rückschnitt werden kaum erkennbare Knospen zum Austrieb angeregt, und es entsteht eine dichtere, zum

kleinen Baum passende Verzweigung (Bilder 37, 41).

Neben den wachstumshemmenden Maßnahmen muß der Bonsai-Gärtner seinen Blick auch auf die Gesunderhaltung seiner Bäumchen richten. Durch Vorbeugen läßt sich schon manches Unheil fernhalten. Der Schlüssel dazu liegt im richtigen Erdgemisch sowie im Düngen und Gießen, entsprechend dem Bedürfnis der Pflanzen, aber auch im rechtzeitigen Umtopfen und im Wurzelschnitt. Gesunde, kräftige Bäumchen sind weniger anfällig für Krankheiten und Schädlinge.

Bonsai = Krüppelholz? Nein. So könnte nur jemand formulieren, der wirklich nicht *mehr* weiß, als daß ein Bonsai ein kleingehaltenes Bäumchen ist. Kein Bonsai-Freund würde seine Bäumchen, die er mit viel Liebe gestaltet, in dieser Weise abwerten.

Bonsai aus religiös-philosophischer Sicht

Wüßt ich genau, wie
dies Blatt aus seinem
Zweig herauskam, schwieg
ich auf ewige Zeit still:
denn ich wüßte genug.

HUGO V. HOFFMANNSTHAL

Bonsai kommt aus einer uns bis heute fremd gebliebenen Kultur, die, wie unsere abendländische, maßgeblich von religiösen Vorstellungen geprägt ist. So war Bonsai in Japan stets mehr als ein nüchternes Experimentieren mit Bäumen: Es spielte vor allem in der Meditation der alten Meister eine Rolle.

Auch der Christ kennt Übungen, sich und der Welt auf den Grund zu kommen, also zu meditieren. Doch ihm rauben zwei Merkmale unserer Zeit, die religiöse Verflachung und der alles terrorisierende Zeitdruck, Stück für Stück diese lebenswichtige Fähigkeit. Warum sollten uns die Wunder des Baumlebens nicht zu den tieferen Geheimnissen der Schöpfung hinführen?

Bonsai als Kunst

Wir Europäer werden diese neue Beschäftigung kaum auf die anspruchsvolle geistige Ebene der alten japanischen Mönche und Fürsten heben können. In gestalterischer Hinsicht aber wird die Bonsai-Liebhaberei auch bei uns den Rang einer Kunstgattung erreichen. Das wichtigste Kriterium für Bonsai als Kunst ist die Baumformung: Alle Maßnahmen zur Bonsai-Erziehung verlangen, daß wir uns ernsthaft mit den Bäumen in der freien Natur und ihren Wachstumsgesetzen beschäftigen. Bonsai wird zur Kunst, wo es uns gelingt, die schönsten Baumgestalten der Natur im Topf zu kultivieren oder gar zu verfeinern.

Bild 3. Heckenkirsche, 3jährige Stecklingspflanze, 13 cm hoch. Die schön gewachsenen Wurzelstränge bieten sich an für einen Felsenbonsai. Foto MÜHLBAUER.

Wege zum Bonsai

Die chinesischen und japanischen Bonsai-Gärtner bauen auf einem in Jahrhunderten gewachsenen Erfahrungsschatz weiter, den wir uns nicht von heute auf morgen aneignen können. Beobachtet man bei uns das Geschäft mit Bonsai, so hat man den Eindruck, der östliche Vorsprung lähme hierzulande jede schöpferische Tätigkeit. Der Schauplatz wird von den massenhaft eingeführten japanischen und chinesischen Bonsais beherrscht. Daran führte zunächst auch kein Weg vorbei, denn es ist noch nicht lange her, daß wir auf den Zauber dieser Bäumchen aufmerksam wurden.

Ich meine aber, wir Europäer könnten dies bald ändern, wenn wir uns nur aus der passiven Rolle herauswagten und mutig eigene Bäumchen zu gestalten versuchten. Voraussetzungen dazu bieten sich genug: geeignete heimische Baumarten, das für sie günstige Klima und – begeisterungsfähige Baumfreunde.

Obwohl sich ein Bonsai nicht im Schnellverfahren aus dem Boden zaubern läßt, hegt jeder Anfänger insgeheim die Hoffnung, wenigstens eines seiner Bäumchen in kürzester Zeit zu einem veritablen Bonsai erziehen zu können. Tatsächlich gelingt dies auch; man muß nur wissen, was den Weg zum »schnellen« Bonsai ebnet. Zwei Möglichkeiten bieten sich an:

- schnellwüchsige und verzweigungsfreudige Pflanzen verwenden
- ältere, schon gutgewachsene Pflanzen im Freiland ausgraben.

Ergänzend dazu kann der Baumfreund dies noch tun:

- den Blick für verschiedene Wuchsformen schulen – hilft beim Sammeln geeignete Bäumchen zu finden
- gutgewachsene Sämlinge oder Stecklinge zu Miniatur-Bonsais formen
- durch häufiges Üben in der Gestaltungstechnik zunehmende Fertigkeit erlangen – damit sein Bäumchen schon bald Bonsai-Format gewinnt.

Auf diese Weise lassen sich Topfbäumchen erziehen, deren wohlgelungene Form schon nach 2–3 Jahren Freude bereitet. Als Meisterwerk wird man sie noch kaum bezeichnen können, doch zeigen sie bereits ein wichtiges Qualitätsmerk-

mal: ein ausgewogenes Stamm/Krone-Verhältnis. Die Harmonie kommt zustande durch die gefällige Anordnung der Äste, durch die Ausbildung des Wurzelhalses, die Blattgröße und andere Einzelheiten – und nicht zuletzt durch die überlegte Auswahl einer Schale, denn sie soll den Bonsai-Charakter unseres jungen Bäumchens harmonisch abrunden (Bild 3).
Vorbild und Stütze für unsere Bemühungen sind die in diesem Buch abgebildeten Topfbäumchen. Sie zeigen, daß auch im europäischen Raum inzwischen Könner leben, deren Werke jedem Vergleich mit japanischen Bonsais standhalten.

Muß ein Bonsai uralt sein?

Ebensogut könnte man fragen, muß ein Mensch uralt sein? Natürlich nicht, obwohl er dem jüngeren gegenüber oft manchen Vorzug besitzt. Ähnlich ist es bei den Bonsais.
Gehen wir davon aus, daß uns ein Bonsai durch eigenes Bemühen gelingt, dann müssen wir klein beginnen und notgedrungen auf einheimische Pflanzen zurückgreifen. Dabei aber sollten wir uns klarmachen: Ein kleines Bäumchen, das in einer Bonsai-Schale wächst, muß deshalb noch lange kein Bonsai sein.

Schnellwüchsige Pflanzen bringen bald Erfolg

Ich weiß, wie wichtig es für den Anfänger ist, bald einen Erfolg zu sehen – das ermuntert zum Weitermachen. Wir entscheiden uns daher zunächst für schnellwüchsige Pflanzenarten, die bei uns heimisch sind und in der näheren oder weiteren Umgebung wachsen. Auf Seite 12 sind verschiedene Arten, die sich bewährt haben, nach ihrer Wuchsfreudigkeit zusammengefaßt. Mancher Bonsai-Freund wird noch weitere Pflanzenarten ausprobieren wollen. Dazu sei hier kurz erwähnt, worauf es bei der Auswahl ankommt.
Aus naheliegenden Gründen bleiben wir bei den einheimischen Baumarten, die sich in unserem Klima wohl fühlen, denn ihnen können wir am leichtesten den richtigen Standort bieten. Wir finden die Pflanzen überall: im Garten, im Freiland, in der Gärtnerei und in der Baumschule. In Frage kommen nur verholzende Arten, Kräuter eignen sich als Bonsai nicht.
Der Geübte, und deshalb wahrscheinlich der Geduldigere, wird sich ebensogern auch mit den langsamer wachsenden Gehölzen befassen. Sie werden in der Regel zwar sehr alt, doch sollten wir diesen Gesichtspunkt nicht überbewerten, denn wir leben heute und wissen nicht, was morgen ist.

Gehölze, die in unserem Klimabereich gut gedeihen

Schnellwüchsige* Bäume und Sträucher

Name	Besondere Merkmale
Birke, *Betula* verschiedene Arten	gelbe Herbstfärbung, Würstchen
Feuerdorn, *Pyracantha coccinea*	immergrün, leuchtend rote Früchte
Hainbuche, *Carpinus betulus*	reizvolles, lang haftendes Herbstlaub
Heckenkirsche, *Lonicera pileata*	immergrün, verzweigungsfreudig
Japanische Zelkova, *Zelkova serrata*	schöne Herbstfärbung, sehr lange Wurzeln
Purpurweide, *Salix purpurea nana*	schöne Herbstfärbung; extrem schnittverträglich
Weißdorn, *Crataegus monogyna*	schöne Blattform, weißblühend
Wilder Wein, *Parthenocissus tricuspidata*	schöne Herbstfärbung, Kletterpflanze
Winterjasmin, *Jasminum nudiflorum*	gelbe Blüten im Januar
Zwergmispel, *Cotoneaster microphyllus*	rote Früchte

*) »Schnellwüchsig« ist ein relativer Begriff; bei richtiger Behandlung können die Pflanzen innerhalb von zwei bis drei Jahren ansprechende Formen zeigen. Weißdorn und Hainbuche wachsen etwas langsamer als die anderen Baumarten.

Mittelschnell wachsende Bäume und Sträucher

Name	Besondere Merkmale
Ahorn, *Acer* verschiedene Arten	bunte Herbstfärbung
Berberitze, *Berberis verruculosa*	schöne Herbstfärbung und Früchte
Birnbaum, *Pyrus communis*	Fruchtbehang
Fichte, *Picea abies*	immergrün
Fingerkraut, *Potentilla fruticosa*	gelbe Blüten
Lärche, *Larix europaea*	gelbe Herbstfärbung, Nadelfall
Rotbuche, *Fagus sylvatica*	frischgrünes Laub
Scheinquitte, Jap., *Chaenomeles japonica*	rote Blüten, gelbe Früchte
Scheinzypresse, *Chamaecyparis obtusa*	immergrün
Schlehdorn, *Prunus spinosa*	weiße Blüten
Sicheltanne, *Cryptomeria japonica*	immergrün
Stechpalme, *Ilex aquifolium*	immergrün
Zuckerhutfichte, *Picea glauca*	immergrün

Langsam wachsende Bäume und Sträucher

Name	Besondere Merkmale
Buchs, *Buxus sempervirens*	immergrün
Kiefer, Gemeine, *Pinus sylvestris*	immergrün, lange Nadeln
Mädchenkiefer, *Pinus parviflora*	immergrün, kurze gekrümmte Nadeln
Sanddorn, *Hippophaë rhamnoides*	schöne Früchte
Stieleiche, *Quercus robur*	große Blätter
Wacholder, Chinesischer, *Juniperus chinensis*	immergrün
Wacholder, Gemeiner, *Juniperus communis*	immergrün

In dem beengten Raum der Bonsai-Schale kann sich das Wurzelwerk der Bäumchen nicht so üppig entwickeln wie in der freien Natur. Das wirkt sich auf die ganze Pflanze aus: Sie wird im Wachstum deutlich gehemmt. Ohnehin langsam wachsende Baumarten sollte man daher nicht zu früh in die Schale setzen. Man läßt sie am besten in einem gut bemessenen Kunststofftopf und gräbt diesen im Garten ein. Dort sollte man die Entwicklung aber genauso sorgfältig beobachten wie bei den Bäumchen auf dem Bonsai-Tisch.

Beschaffung des Pflanzenmaterials

Für den Bonsai-Anfänger gibt es vier Möglichkeiten, sich Ausgangsmaterial für sein Steckenpferd zu besorgen:

- Ausgraben wildwachsender Pflanzen
- Anzucht aus Stecklingen
- Beschaffung von Jungpflanzen in der Baumschule
- Anzucht aus Samen.

Sammeln in freier Natur

Am schnellsten kommt man zu einem schönen Bonsai mit einem Bäumchen, an dem die Natur schon »vorgearbeitet« hat. Es wächst irgendwo draußen als Wildpflanze, und man braucht es nur auszugraben und mitzunehmen. Bei japanischen Bonsai-Sammlern ist diese Methode beliebt, und sie haben ein prägnantes Wort dafür: yamadori.
Schon meine ersten Streifzüge lehrten mich, daß man unter Umständen lange suchen muß, bis sich eine bonsaiwürdige Pflanze findet. Nicht selten sucht man gar umsonst oder bringt nur mittelmäßige bis völlig ungeeignete Pflanzen mit nach Hause.

Wann sammelt man?

Wer einen Garten bearbeitet, weiß, daß es für das Pflanzen der Gehölze zwei günstige Jahreszeiten gibt: das Frühjahr und den Herbst. Dies sind auch die yamadori-Jahreszeiten.

Pflanzenauswahl

Dem Bonsai-Anfänger passiert leicht, was man bei jedem Sammler beobachten kann: Er drückt beide Augen zu und akzeptiert zunächst alles, nur um seine erste Sammelleidenschaft zu besänftigen. Obwohl lebende Pflanzen gegenüber toten Sammelgegenständen den großen Vorzug besitzen, daß sich ihre augenblickliche Form verbessern läßt, rate ich dem Anfänger: Nehmen Sie nie eine ältere Pflanze mit, wenn Sie von ihrer Formungsmöglichkeit nicht überzeugt sind. Sie werden sonst manchen Topf herumstehen haben, dem man von Jahr zu Jahr mehr ansieht, daß hier eben nichts zu machen ist.
Auf die Hoffnung, einen fertigen Bonsai in der Natur zu finden, dürfen wir nicht bauen. Wenn es solche Bäumchen überhaupt gibt, dann nur in karger Landschaft wie etwa im Hochgebirge. Wer aber dort sucht, wird kaum seinen Wunschbaum finden, wenn er nicht zugleich die Bergerfahrung und das Auge eines PIUS NOTTER besitzt. Seine bewundernswert schönen Lärchen (Bild 4) und Kiefern sind deutlich von Wind und Wetter geprägt; man sieht ihnen an, daß er sie nicht zufällig beim Spazierengehen fand.
Der Baum, von dem wir träumen, ist am ehesten auf der freien Fläche zu finden, wo er durch Witterungseinflüsse gedrungen blieb. Meine Sammlung bereichern ein paar Hainbuchen, von denen ich glaube, daß die Natur sie mit Bonsai-Gaben ausgestattet hat. Zwei davon fand ich auf einer von Wald umgebenen Schwarzwaldwiese. In den Jahren zuvor weideten dort Kühe, die durch wiederholtes Anfressen den Bäumchen zu uraltem Aussehen verhalfen.
Suchen wir im Wald, so ist es immer wieder die gleiche Schwierigkeit, die uns vom Ausgraben abhält: Am Fuß stattlicher Bäume finden wir oft hochgeschossene Gewächse mit langen Trieben, die sich dort ausgesamt haben. Sie streben dem Licht zu und nehmen dabei unproportionierte Formen an.
In manchen Fällen kann der Untergrund

Probleme aufwerfen. Auf der Schwäbischen Alb konnte ich an zwei Wacholderbüschen alles, was ich über die Schwierigkeiten des Ausgrabens gelesen hatte, schmerzlich studieren. Der Wacholder wächst dort auf steinigen und zerklüfteten Böden. Trockenheit und Kälte übersteht er nur dank seiner tief hinabreichenden Wurzeln. Damals wußte ich das noch nicht, und das richtige Werkzeug, mit dem ich die Wurzeln hätte behutsam freilegen können, fehlte mir auch. Es schmerzte mich, als ich, kräftig ziehend, die dicke Wurzel krachen hörte.

Hinzu kam ein extrem trockener Boden, der bis auf wenige Klümpchen von den Wurzeln abbröckelte. Doch ich hatte Glück mit den robusten Pflanzen. Wider Erwarten überstanden sie die Umsiedlung in die Rheinebene. Ich hatte die bloßgelegten Wurzeln in einem mit angefeuchteter Erde gefüllten Plastiksack transportiert. Sicher war das ihre Rettung (Bild 5). Wer selbst Bäumchen sammelt, muß also dafür sorgen, daß die Wurzeln auf dem Heimweg nicht austrocknen. Feuchte Erde oder feuchtes Moos, mit Sackleinen oder Kunststoffolie zusammengehalten, bewahren die Pflanzen vor Schaden. Wenn es irgendwie geht, sollte man sie mit dem Wurzelballen ausgraben. Ihre Wurzeln werden so am wenigsten geschädigt und wachsen in der neuen Umgebung rasch weiter.

Werden aber Wurzeln abgerissen oder beschädigt, müssen die verletzten Teile mit der Baumschere sauber glattgeschnitten werden.

Theoretisch ist das Sammeln von Wildpflanzen die einzige Möglichkeit, bald zu ansehnlichen Bonsais zu kommen. Prak-

Bild 4. Lärche, etwa 30 Jahre alt. Foto P. Notter.

Bild 5. Gemeiner Wacholder, ausgegraben, seit 2 Jahren in Pflege. Der lange, dünne Stamm zwingt zur hängenden Form. Foto MÜHLBAUER.

tisch aber erfordert ihre Erziehung oft schwerwiegende Eingriffe mit der Schere, um eine gute Form zu erhalten.
Die Schnittstellen lassen sich nicht immer verbergen. Schnittstellen an über 4 mm dicken verholzten Zweigen betrachte ich als Schönheitsfehler. Manchmal kann es lange dauern, bis sie durch Wundgewebe überwallt und dann aus der Welt geschafft sind. Solche Schwachstellen findet man häufig an Bonsai-Massenware, wie sie oft für teures Geld verkauft wird.

Handwerkszeug

Zum Ausgraben der jungen Pflanzen brauchen wir Handwerkszeug, das leicht mitgeführt werden kann und trotzdem seine Aufgaben erfüllt. Ich selbst habe gute Erfahrungen mit einer Stechschaufel gemacht. Der Gartenfachhandel bietet sie an zum Ausstechen tiefwurzelnder Unkräuter.
Das Schaufelblatt müßte allerdings auf der Rückseite mit einem etwa 1,5 mm dicken Blechsteg (Bild 6) verstärkt werden, damit es beim Ausgraben tiefreichender Wurzeln nicht verbogen wird. Ein besonderer Vorteil dieser Schaufel: Sie paßt notfalls in die Hosentasche.

Wurzelformen

Leider besitzen die Bäumchen, die uns auf Anhieb begeistern, manchmal sehr lange Wurzeln, die tief im Boden stecken. Bei den Waldbäumen unterscheiden wir drei Wurzelformen: Pfahlwurzel, Flachwurzel und Herzwurzel.
Pfahlwurzeln (Bild 7a) finden wir bei Eichen, Buchen und Kiefern. Sie sind am schwierigsten unversehrt aus der Erde zu holen. Da sie in den flachen Schalen ohnehin keinen Platz haben, muß man sie stark zurückschneiden. Hier ist besondere Vorsicht geboten: Gehen beim Ausgraben viele Haarwürzelchen verloren, muß man in wenigstens zwei Schritten einkürzen. Es kann dann gut 2 Jahre dauern, bis das Bäumchen in die Schale paßt. Bis dahin kultivieren wir es im Freiland oder wenigstens in einem ausreichend tiefen Blumentopf.

Bild 6. Stechschaufel mit verstärktem Schaufelblatt. Vorlage und Zeichnung H. Metz.

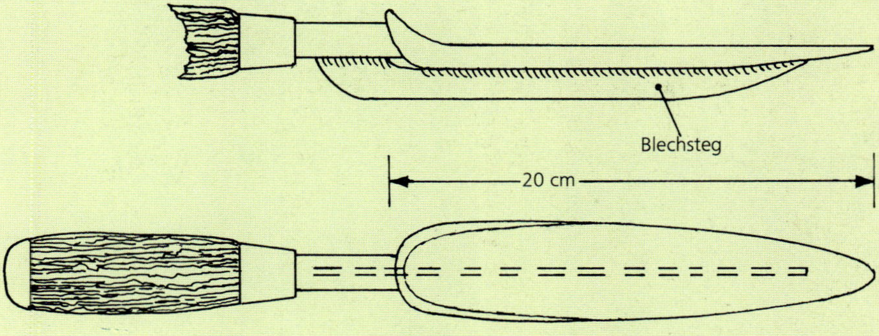

Bild 7. Wurzelformen.

a Pfahlwurzel (z. B. Eiche)
b Flachwurzel (z. B. Fichte)
c Herzwurzel (z. B. Hainbuche, Lärche)

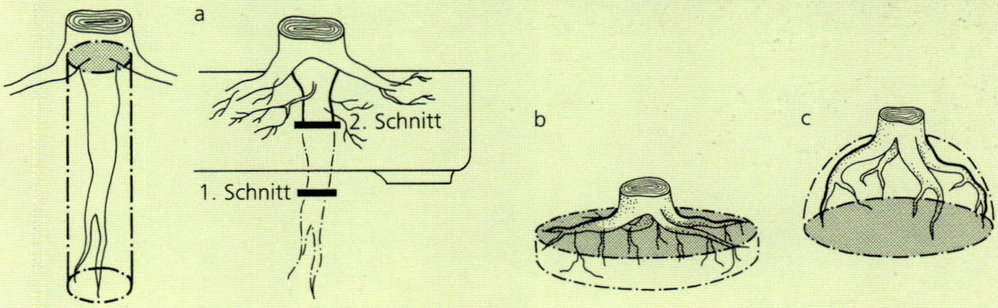

Ausgrabeerlaubnis ist erforderlich

Wer im Wald Pflanzen ausgraben will, muß beim zuständigen Forstamt um Erlaubnis bitten. Er wird dort um so mehr Verständnis erfahren, je verantwortungsbewußter er sich zeigt.

Indessen gibt es Stellen und Situationen, die ein Ausgraben auch ohne Genehmigung zulassen: auf Rodungsflächen, an verwilderten Wegrändern, in Steinbrüchen, wo sich bestimmte Pflanzen selbst aussamen und früher oder später doch gerodet werden. In den meisten Fällen aber wird das Einverständnis des Waldbesitzers oder des Forstamtleiters notwendig sein.

Bild 8. Bonsais aus Stecklingen. Heckenkirschen von links: ½, 1½ und 2½ Jahre alt. Foto MÜHLBAUER.

Stecklinge

Wenn ein Baum heranwächst, ist er weich und zart; und wenn er trocken und hart wird, stirbt er ab. Härte und Kraft sind die Begleiter des Todes. Schwäche und Weichheit kündigen das frische Leben an.

LAOTSE

Die ersten erfreulichen Erfahrungen mit Bonsais bescherten mir Stecklingspflanzen. Das größte Bäumchen auf Bild 8 ist aus meinem ersten Steckling entstanden. Da es schnell zu einer ansprechenden Form heranwuchs, spornte es mein Bonsai-Steckenpferd sozusagen zum Galopp an.

Daß man aus einem Steckling eine Pflanze mit Wurzeln gewinnen kann, war für mich ein fast unglaublicher Vorgang: Man schneidet einen Zweig ab, steckt ihn in den Boden und erhält nach kurzer Zeit ein bewurzeltes Pflänzchen. Viele Pflanzen lassen sich auf diese Weise ungeschlechtlich (vegetativ), also ohne Samen, vermehren. Mit größter Spannung verfolgen wir, was aus dem Zweigstück wird. Ob es austreiben und sich bewurzeln wird? Meistens tut es uns den Gefallen! Was für den Erwerbsgärtner ein klarer Fall ist, empfindet der Anfänger als ein Naturwunder. Wenn sein Pflänzchen nach einiger Zeit zu wachsen anfängt, zeigt es damit an, daß es bewurzelt ist.

Stecklinge schneiden

Bei Laubgehölzen schneiden wir die Stecklinge zwischen Juni und August, solange die diesjährigen Triebe noch grün und nicht verholzt sind. Wir wählen dazu einen gesunden, kräftigen Trieb mit mindestens 4 Blättern. Mit einem scharfen Messer wird die Basis des Triebs knapp unter einer Knospe keilförmig zugeschnitten. Die unteren Blätter werden entfernt, um Fäulnis zu verhindern. Sind die übrigen Blätter groß, so halbieren wir sie, um die Verdunstung herabzusetzen. Kurz vor dem Stecken nehmen wir dem Trieb die Spitze ab (Bild 9a). Nach dem Zurichten sollten die Laubholzstecklinge noch 4–6 Knospen oder Knospenpaare tragen. Je nach Abstand der Knospen voneinander entspricht dies einer Stecklingslänge von 6–12 cm.
Bei Nadelgehölzen (Bild 9b) schneiden wir die Stecklinge im August. Sie bewurzeln sich besser, wenn die verwendeten Triebe ausgereift sind. Im Gegensatz zu den Laubgehölzen werden diese Triebstecklinge im allgemeinen nicht entspitzt.

Stecklingserde

Als Stecklingserde eignet sich ein selbst hergestelltes Gemisch aus gewaschenem Flußsand (bis 1 mm Korngröße) und gewöhnlichem Torf (1 : 1) oder eine fertige Mischung wie TKS 1 (Torfkultursubstrat),

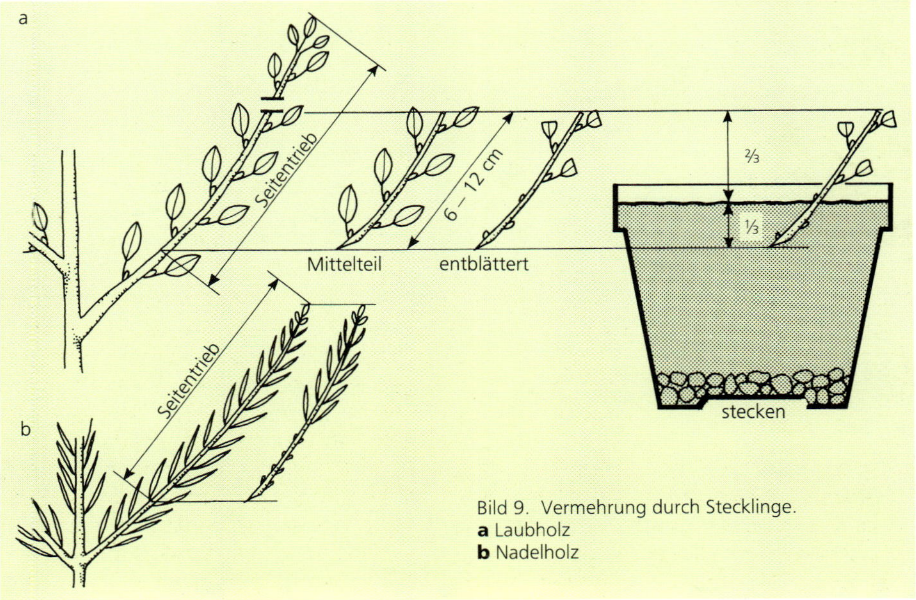

Bild 9. Vermehrung durch Stecklinge.
a Laubholz
b Nadelholz

die im Fachhandel auch in kleinen Mengen abgegeben wird. TKS 1 ist eine keimfreie, nährstoffarme Anzuchterde für Jungpflanzen. Auf dem Markt wird sie unter vielerlei Handelsbezeichnungen angeboten. Aus der Gebrauchsanleitung läßt sich meist entnehmen, ob der Inhalt dem TKS 1-Typ entspricht.
Mit einem guten Bewurzelungserfolg kann nur in keimfreier Erde gerechnet werden. Selbst hergestellte Erde läßt sich durch Sterilisieren keimfrei machen. Bei mir hat sich das stets bewährt.

Das Stecken

Zwischen dem Schneiden und dem Stekken darf der Trieb nicht an der Luft trocknen. Schneidet man die Stecklinge unterwegs, so hilft eine Plastiktüte, in der sich feuchte Erde befindet, die Zeit bis zum Stecken zu überbrücken. Notfalls tut es auch eine in Wasser getauchte Papierumhüllung.
Zu Hause stehen schon die Anzuchttöpfe bereit. Es können normale Blumentöpfe sein, möglichst aus Kunststoff, damit weniger Feuchtigkeit verdunstet. Sie sind mit feuchter Anzuchterde gefüllt. Mit einem Stäbchen in der Stärke unserer Stecklinge stechen wir die Stecklöcher vor und schieben jeweils einen Steckling mit dem unteren Drittel in die Erde. Durch festes Andrücken sorgen wir für satten Kontakt mit der Erde.

Luftfeuchtigkeit ist wichtig!

Wir umhüllen jeden Stecklingstopf mit einem Plastikbeutel, den wir unten zubinden, so daß eine feuchte Kammer entsteht und der Steckling nur wenig Wasser verdunstet. Dann stellen wir die Stecklinge an einem hellen, doch vor Wind und Sonne geschützten Platz auf, entfernen täglich den Beutel für einige Zeit und besprühen die aufgedeckten Pflanzen immer wieder. Das tägliche Abnehmen der Beutel ist wichtig, damit keine Fäulnis entsteht.
Wird statt des Kunststoffbeutels ein beheizbarer Anzuchtkasten verwendet, kann man bei warmem Wetter eine Holzleiste unter den Klarsichtdeckel klemmen und so für genügend Luftzufuhr sorgen. Samen, die in diesem fast paradiesischen Klima nicht aufgehen, und Stecklingen, die dort keine Wurzeln schlagen, wäre anders auch nicht mehr zu helfen. Die Kästen gibt es in verschiedenen Abmessungen von etwa DIN-A4-Größe bis zu 0,5 m^2 nutzbarer Fläche.

Bewurzelungserfolg

Ich glaube, wenn wir 6–7 von 10 Stecklingen über die Runden bringen, können wir von einem respektablen Ergebnis sprechen. Wegen der unvermeidlichen Ausfälle ist es immer günstig, wenn man jeweils mehrere Stecklinge von einer Pflanzenart gleichzeitig steckt. Das Bewurzeln ist jedoch nicht die einzige Hürde, die unser künftiger Bonsai nehmen muß. Schon beim Schneiden der Stecklinge mit nicht sterilem Besteck kann es zu einer Infek-

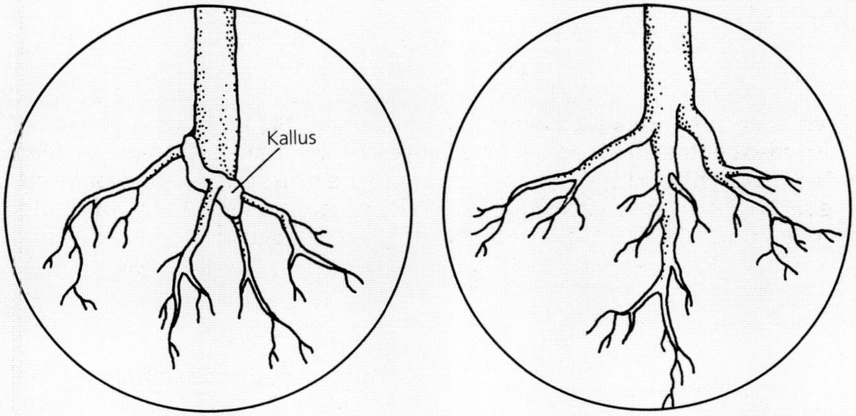

Bild 10. Wurzelausformungen beim Steckling (links) und beim Sämling (rechts).

Stecklingsvermehrung

Name	**Wurzelbildung**	**Stecklingsschnitt** Monat	**Günstigere Methoden**
Birke, *Betula*	+	–	Sammeln
Feuerdorn, *Pyracantha coccinea*	++*)	VI, VII	–
Hainbuche, *Carpinus betulus*	+	–	Sammeln
Heckenkirsche, *Lonicera pileata*	+++	V–IX	–
Japan. Zelkova, *Zelkova serrata*	++	VI, VII	–
Purpurweide, *Salix purpurea nana*	+++	VI, VII	–
Weißdorn, *Crataegus monogyna*	+	–	Sammeln
Wilder Wein, *Parthenocissus tricuspidata*	+	–	Absenker
Winterjasmin, *Jasminum nudiflorum*	+++	III–V	–
Zwergmispel, *Cotoneaster microphyllus*	+++	V–VIII	–

*) +++ Wurzelbildung gut; ++ Wurzelbildung mit Ausfällen; + Wurzelbildung problematisch

tion und dadurch zur Krankheit kommen. Außerdem wird manches Bäumchen später aussortiert werden, weil es unsere Ansprüche an die Wuchsform nicht erfüllt.
Die Laubgehölze zeigen nach kurzer Zeit, ob sie mit ihrem neuen Dasein einverstanden sind. Blätter, die sich einrollen und braun verfärben sowie ein runzliger Stiel bedeuten nichts Gutes.
Als ganz robuste, sichere Anwurzler habe ich kennengelernt: Feuerdorn, Felsenmispel, Heckenkirsche und Winterjasmin. Sie bewurzeln sich innerhalb von 3–8 Wochen (siehe Seite 12). Als nachteilig wirkte sich bei Stecklingen oft die Art der Bewurzelung aus, vor allem für eine Steinbepflanzung (Bild 10).

Nadelgehölze tun sich schwer

Nadelholzstecklinge halten den bangenden Bonsai-Lehrling gerne zum Narren. Lange bewahren sie ihr frisches Grün, ohne das geringste Wachstum zu zeigen. So kann es sein, daß man nach einem halben Jahr auch nicht das kleinste Würzelchen findet. Ist die Schnittfläche in dieser Zeit nicht einmal von Wundgewebe umwallt worden, so muß man den Bewurzelungsversuch als fehlgeschlagen betrachten; also ein handfester Grund, auch hier mehrere Stecklinge einer Sorte gleichzeitig zu ziehen.
Im Vergleich zu den Laubhölzern muß man bei Nadelhölzern sehr viel mehr Geduld aufbringen. Mit Kiefern braucht man es gar nicht erst zu versuchen.

Bewurzelungshormone

Baumschulen ziehen schon aus wirtschaftlichen Gründen einen großen Teil ihrer Pflanzen aus Stecklingen heran. Da sie an hohen Bewurzelungsquoten interessiert sind, arbeiten sie mit Bewurzelungshormonen, z. B. »Wurzelfix«. Diese in der Regel pulverförmigen Mittel regen das Zellwachstum an und begünstigen die Kallus- und Wurzelbildung. Wer als Bonsai-Freund in größerem Umfang Versuche mit Stecklingen macht, sollte nicht zögern, ein Bewurzelungshormon zu verwenden, um die Ausfälle möglichst klein zu halten.

Pflanzen aus der Baumschule

Pflanzen, die wir bei uns nicht freiwachsend finden, bekommt man meist in der Baumschule (Bild 11). Dort können wir uns in aller Ruhe bonsaiwürdige Jungpflanzen aussuchen. Ich denke dabei vor allem an zwei, bei uns nicht heimische Pflanzenarten, die hier aber dennoch gut gedeihen: Japanischer Fächerahorn und Chinesischer Wacholder. Beide eignen sich besonders gut für die Erziehung zum Bonsai.

Bild 11. *Ginkgo biloba,* etwa 15jährig, vor 5 Jahren in Baumschule gekauft. Foto Dr. Krassai.

Zuchtformen

Bonsai wird dort zur Kunst, wo es gelingt, eine an sich hoch werdende Pflanze klein zu halten und so zu gestalten, daß ihr Erscheinungsbild dem des natürlich wachsenden Baumes entspricht. Zwergbäumchen, die durch Züchtung entstanden sind, bieten in gestalterischer Hinsicht wenig schöpferischen Spielraum. Sie wollte ich daher nicht zu stark in meine Bonsai-Gestaltung einbeziehen. Recht gut eignen sie sich aber für die Erziehung von Miniatur-Bonsais, die nicht höher als 12 cm werden dürfen. Dasselbe gilt für niederwüchsige Sträucher wie zum Beispiel Berberitze, Heckenkirsche und Fingerkraut.
Zwischen gezüchteten Zwergformen und Miniatur-Bonsais sollte das Verhältnis der Wuchshöhen von 10:1 nicht wesentlich unterschritten werden. Beispiel: Eine Pflanze, die in der Natur eine Höhe von 200 cm erreicht, darf als Bonsai höchstens 20 cm hoch werden. Dies soll aber durchaus keine starre Regel sein, da charakteristische Eigenschaften wie Borkenstruktur, Blattgröße und Knospenabstand gerade bei solchen Bonsai-Verkleinerungen den Gesamteindruck wesentlich mitprägen.

Die richtige Auswahl treffen

Auch wenn wir in der Baumschule leichter bonsaigeeignete Pflanzen finden als draußen in der freien Natur, lohnt es sich, die Anwärter eingehend von allen Seiten zu begutachten. Zu Hause könnte sich sonst herausstellen, daß der Stamm doch etwas zu lang ist, daß Ballentuch oder Topf eine ungünstige Wurzelpartie freigeben, daß dicke Zweige abgeschnitten wurden, daß es veredelte Pflanzen mit unschön verdickten Veredelungsstellen sind und dergleichen mehr.
Da wir bei laubabwerfenden Bäumen aus ästhetischen Gründen kleinblättrige Formen bevorzugen, sollten wir uns möglichst zwischen Mai und Oktober in der Baumschule umsehen, solange die Pflanzen belaubt sind.

Kleine Knospenkunde

Jeder Naturfreund, der die Bäume unterscheiden und benennen möchte, sollte auch die Winterknospen kennen. Im Sommer prägen wir uns die charakteristische Wuchsform, Belaubung und Rindenstruktur ein; im Winter sind wichtige Kennzeichen die Knospen. Ihr Aussehen und ihre Anordnung sind oft typisch und geben uns Auskunft über die Baum- und Strauchart.
Wohl die meisten unserer laubtragenden Bonsais werfen ihre Blätter im Herbst ab und zeigen sich immerhin ein halbes Jahr von ihrer kahlen Seite. Deshalb ist es nicht abwegig, wenn wir uns auch mit Knospenbildern beschäftigen.
Knospen können »gegenständig« sein, wenn sie am Trieb einander gegenüberstehen, oder »wechselständig«, wenn sie am Trieb versetzt angeordnet sind. »Schlafende Augen« sind kaum erkennbare, noch ruhende Knospen an verholzten Trieben, die sich durch starken Rückschnitt der Zweige zum Austrieb anregen lassen.

Sämlinge

Du lobst den Mann, der eine Zeder pflanzt, obwohl er alt ist und nichts erhofft von ihrem fernen Schatten.

SAINT-EXUPÉRY

Jede Methode zur Gewinnung von Ausgangsmaterial hat ihre Vor- und Nachteile. Gesammelte Pflanzen und Stecklinge führen relativ schnell zu einer Bonsai-Form. Sämlinge dagegen fordern uns viel Geduld ab, weil sie langsam heranwachsen, doch bieten sie uns mehr Möglichkeiten für gutes schöpferisches Formen.
Der Anfänger braucht zu Beginn ein Erfolgserlebnis; mit Sämlingen hat er daher zunächst wenig im Sinn. Ein aus Samen gezogenes Bäumchen braucht jahrelang, bis es Bonsai-Charakter zeigt. Es gehört aber zur Stärke des erfahrenen Bonsai-Liebhabers, sehr lange auf einen Erfolg warten zu können.

Geeignete Pflanzenarten

Zeitliche und räumliche Einengungen setzen der Freizeitbetätigung manche Grenze. Der Bonsai-Freund wird daher abwägen, in welchem Umfang er sein Steckenpferd betreiben will. Säversuche, Stecklingsvermehrung, Pflanzensammeln – dies alles nebeneinander getan, könnte leicht in ernsthafte Arbeit ausarten. Die Samenanzucht würde ich daher auf die Pflanzenarten beschränken, die zur Stecklingsvermehrung ungeeignet und in der Baumschule sehr teuer sind oder die wir trotz eifrigen Suchens im Freiland nicht finden. Von den auf Seite 12 f. angeführten Arten könnten in Frage kommen: die Nadelgehölze Kiefer, Lärche, Wacholder, Zypresse sowie die Laubgehölze Ahorn, Berberitze, Scheinquitte, Ulme und andere.
Inzwischen bieten Bonsai-Fachgeschäfte vielerlei Samen an; soweit wir uns aber mit einheimischen Pflanzen befassen, kostet uns der Samenerwerb nicht mehr als einen Sonntagsspaziergang. Übrigens, Samen, aus denen kleine Bonsais hervorgehen, gibt es nicht. Es sind vielmehr ganz normale Samen, aus denen in der freien Natur stattliche Bäume heranwachsen könnten. Die im Fachhandel angebotenen Samen sind jedoch so sortiert, daß man die Gewähr hat, Pflanzen zu bekommen, die sich auch wirklich zu einem Bonsai erziehen lassen.
Die erste Pflanzenart, von der ich Sämlinge heranzog, war eine *Zelkova*, eine in China und Japan heimische kleinblättrige Ulmenart. Die etwa 30 Körner, die das Tütchen enthielt, säte ich in eine große Tonschale und hoffte auf einen Wald von aufgehenden Keimlingen. Sechs Wochen später taten mir ganze vier Körner den Gefallen, und weitere zwei Wochen danach drängte ein fünftes Keimpflänzchen ans Licht!

Sämlingsanzucht

Die Pflanzenanzucht aus Samen ist ein heikles Thema, zu dem es jedoch sehr gute Bücher und Anleitungen gibt (siehe Seite 94). Beachten Sie auf jeden Fall die folgenden Hinweise, wenn Ihre Versuche gelingen sollen.

Aussaatzeit. Der günstigste Zeitpunkt für die Aussaat ist der Frühling. Angaben auf dem Samentütchen beachten. Da Samen nur bei gleichmäßiger Wärme und Feuchtigkeit keimen, sollte man im Freien die Eisheiligen (Mitte Mai) abwarten oder die Aussaat im Haus vornehmen.
Vorkeimen. Zum Vorkeimen läßt man die Samen vor dem Aussäen 1–2 Tage in Wasser quellen: die keimfähigen sinken ab, die tauben schwimmen an der Wasseroberfläche. Auf diese Weise kann man unbrauchbare Samenkörner aussortieren und bei dickschaligen die Keimung beschleunigen.
Saatgefäße. Blumentöpfe aus Kunststoff verdunsten weniger Wasser und halten die Erde länger feucht. Sie eignen sich daher recht gut für die Aussaat. Ein 10-cm-Topf hat Platz für 5–10 Sämlinge. Als Dränage füllt man zunächst 1 cm hoch Kies (Körnung bis 10 mm) ein, dann 3 cm hoch Sand und darauf TKS 1 oder Bonsai-Erde in gleicher Höhe, doch so, daß ein Gießrand von 1 cm Höhe frei bleibt und man ohne Schwierigkeit wässern kann.

Bonsai-Erde

Der Baum ist um so dauerhafter, je besser er die Säfte der Erde aufzubereiten weiß.
SAINT-EXUPÉRY

Wie Bonsai-Erde beschaffen sein soll, läßt sich am besten von den Eigenschaften des Bodens ableiten, die für unsere Bäumchen günstig sind.
Wir brauchen wasserdurchlässige Erde mit genügend Sandanteilen (Korngröße bis 3 mm). Der pH-Wert des Bodens sollte dem Bedürfnis der jeweiligen Baumart entsprechen. Die Erde sollte möglichst steril sein, also frei von Bakterien, Pilzen und Schädlingen.
Wir unterscheiden mehrere Bodentypen mit ungleicher Durchlässigkeit: Sand und Humus sind wasserdurchlässig, lehmige Böden halten Wasser zurück, was leicht zu Staunässe führen kann.
Die Bonsai-Erde sollte so beschaffen sein, daß sie das Gießwasser halten kann und einige Zeit feucht bleibt, überschüssiges Wasser jedoch abgibt. Staunässe würde Fäulnis verursachen, zu schnelles Abfließen des Wassers würde dagegen zu Trokkenschäden und letztlich zum Absterben der Pflanzen führen. Wer keine geeignete Erde vorrätig hat, kann durch Zusätze den Boden verbessern: Schwere, lehmreiche Böden werden durchlässiger mit Sand, Torf und zerkleinerten Styroporteilchen. Sehr leichte Böden wie Sand, die fast kein Wasser halten können, lassen sich durch Lehmzusatz verbessern.
Kleine Steine und Styroporteilchen im Boden sorgen für bessere Durchlüftung und wirken der Verklumpung entgegen. Sie veranlassen die Wurzeln, immer wieder ihre Wuchsrichtung zu ändern. In der

Natur bilden Steine oft Hindernisse, an denen sich die Wurzeln festklammern können. Nicht zuletzt vermittelt eine mit Steinchen durchsetzte Erde gerade bei Bonsais den Eindruck eines natürlichen Untergrundes.

Was es mit dem pH-Wert (sprich: pe-ha) auf sich hat, erläutere ich auf Seite 28. Seine exakte Beurteilung ist nur mit besonderen Meßeinrichtungen möglich. Zur Zeit gibt es für den Privatmann zwei erschwingliche Systeme auf dem Markt:

- *Das pH-Meter von Hellige.* Etwas umständliche Messung mittels Indikator-Lösungen.
- *Den pH-Test von Takemura.* Elektronische Stabmessung.

Falls Sie Ihren Boden prüfen und einen pH-Wert zwischen 6 und 8 ermitteln, können Sie davon ausgehen, daß es Ihren Bäumchen in dieser Erde gefällt. Der Wert kann sich nach unten oder oben verändern, wenn Staunässe eintritt oder wenn wir beispielsweise Erde von einem Kompost verwenden, der mit Kalk behandelt wurde oder auf dem Fäulnis anstelle gesunder Verrottung stattfand.

Erde dämpfen

Jede Erde enthält Schaderreger, Krankheitskeime und Unkrautsamen, die vor allem den jungen Pflänzchen gefährlich werden können. Durch Sterilisieren bzw. Dämpfen der Erde werden sie abgetötet. Zum Dämpfen verwende ich einen ausgedienten Dampfkochtopf (Fassungsvermögen etwa 5 l). Zunächst wird ein halber Liter Wasser eingefüllt, dann stellt man den mit Erde gefüllten 1. Einsatz (mit Füßchen) ein und darauf den ebenfalls Erde enthaltenden 2. Einsatz. Nun wird der Deckel aufgesetzt und das Wasser erhitzt, bis am Sicherheitsventil der 1. rote Ring erscheint. Er soll 15 Minuten in dieser Stellung bleiben. Während dieser Zeit werden alle Lebewesen in der Erde abgetötet. Danach nimmt man den Topf von der Heizplatte, läßt den Dampf rasch ab, öffnet den Deckel und trocknet die sterilisierte Erde auf einer sauberen Unterlage dünn ausgebreitet an der Sonne. Die feinsten Anteile siebt man mit einem Haarsieb heraus (siehe Seite 34), vermengt sie mit Sand, Torf und Lehm und verpackt die Mischung in handliche Kunststoffbeutel.

Erdmischung

In der Literatur werden zum Thema Erdmischungen so viele Rezepte angeboten, daß man als Anfänger fast die Übersicht verliert. Es ist zwar richtig und läßt sich allenthalben in der Natur beobachten: Auf den verschiedenen Böden finden sich jeweils typische Pflanzengesellschaften ein. Der Bonsai-Anfänger wäre aber sicherlich überfordert, wollte er für jede Baumart ein bestimmtes Erdgemisch herstellen.

Anzuchterde. Für die Anzucht meiner Bonsais verwende ich eine Erde, in der sich alle Jungpflanzen wohl fühlen. Ich probierte verschiedene Gemische aus und halte mich nun an das folgende Rezept: Humus, Torf, grober Sand (Korngröße 1 bis 3 mm) und Lehm im Verhältnis 5:2:2:1.

Der Humus (Walderde oder gut verrotteter Kompost) sollte zum Mischen krümelig und nicht zu feucht sein. Von Humus, Torf und Lehm verwenden wir die Partikel, die durch ein 5-mm-Sieb hindurchfallen, im 1-mm-Sieb aber liegenbleiben (vgl. Tabelle Seite 34).
Ähnlich zusammengesetzt ist übrigens auch die käufliche Bonsai-Erde, die der Handel nur in einer einzigen Sorte anbietet.

Der pH-Wert

Je nach Untergrund, Bodenbeschaffenheit und Zersetzungsvorgängen weisen unsere Böden verschiedene Säuregrade auf. Entsprechend diesem Säuregrad siedeln sich auf den verschiedenen Bodentypen charakteristische Pflanzen an, die zusammen natürliche Pflanzengesellschaften bilden und als Bodenanzeiger eine bedeutende Rolle spielen können. So kennen wir zum Beispiel für Sumpfwiesen auch die Bezeichnung »saure Wiesen«. Hier gedeihen nicht nur Sumpfgräser gut, sondern auch bestimmte Baumarten: Weiden, Pappeln, Erlen. Wo immer wir solche Pflanzen in der Landschaft antreffen, weisen sie auf einen feuchten, sauren Boden hin.
Für die Qualität eines Bodens hat der pH-Wert zweierlei Bedeutung. Er beeinflußt:

- die Bodenstruktur und damit die Krümelung, die Wasserhaltefähigkeit und die Durchlüftung des Bodens.
- den Nährstoffgehalt des Bodens bzw. die Form der vorhandenen Nährstoffe. Sie können in löslicher Form vorliegen und sind dann für die Pflanze verfügbar, oder in unlöslicher Form gebunden sein, so daß die feinen Wurzelhaare sie nicht aufnehmen können.

Saure Böden besitzen eine schlechte Bodenstruktur. Sie sind naß und schlecht durchlüftet. Ihr pH-Wert ist niedrig (unter 7). Basische Böden sind dagegen besser strukturiert. Ihr pH-Wert liegt über 7.
Für gutes Gedeihen der Pflanzen spielt der pH-Wert eine entscheidende Rolle. Je nach Pflanzenart wird es manchmal notwendig sein, den pH-Wert des vorhandenen Bodens pflanzengerecht zu verändern. Zwei einfache Möglichkeiten bieten sich dazu an:

- *Torf.* Kalkreiche Erde mit hohem pH-Wert läßt sich mit Torf zum sauren Bereich hin verbessern.
- *Kalk.* Sauer reagierende oder kalkarme Erde läßt sich mit Kalk zum basischen Bereich hin verbessern.

Seit längerer Zeit spielen immer mehr auch verunreinigte Niederschläge eine Rolle. Viele Schadstoffe der Luft – Abgase verschiedener Herkunft – sind wasserlöslich und gelangen mit dem Regen in den Boden. Der angesäuerte Regen beeinflußt u. a. den natürlichen Säuregrad des Bodens ganz erheblich und damit die typischen Pflanzengesellschaften. Zunächst kränkeln die empfindlicheren Pflanzen und fallen aus. Mit zunehmender Boden- und Luftverunreinigung wirken sich die ungünstigen Bedingungen auch auf robustere Pflanzen aus, wichtige Nährpflanzen für Tiere sterben ab – das biologische Gleichgewicht wird gestört.

Bonsai-Gefäße

Jeder Bonsai-Autor kennt die Bedeutung der Töpfe und Schalen für die Bonsai-Anzucht, und er wird nicht versäumen, auf das ausgeprägte Stilempfinden der japanischen Bonsai-Liebhaber hinzuweisen. Nach BEHME sollen amerikanische Bonsai-Freunde sogar Tausende von Dollar allein für Bonsai-Gefäße aus China und Japan ausgeben. Ich für meine Person möchte nicht so weit gehen und neige eher einem der Prinzipien zu, mit dem W. SCHMIDT die japanischen Grundsätze der Bonsai-Gestaltung beschreibt: die Einfachheit lieben, mit Wenigem zufrieden sein (WABI).

Nicht jede Schale ist bonsaigeeignet

Als ich mit dem Pflanzensammeln begann, steckte ich meine Bonsai-Anwärter in Töpfe und Schalen made in Germany. Sowie aber die Pflanzen bonsaitypische Formen annahmen, empfand ich diese Behälter als unwürdig. Dem Wunsch, einige echte Bonsai-Gefäße zu besitzen, gab ich deshalb bald nach. Beim Kauf überraschten mich gleich zwei Dinge in angenehmer Weise: die große Auswahl und der relativ günstige Preis. Als ich aber im Herbst das Umtopfen fast nicht mehr erwarten konnte, merkte ich schnell, daß ich mit meinem Sommereinkauf – gut ein halbes Dutzend Schalen – nicht weit kom-

Bild 12. Eiche, etwa 80jährig, in schwerem, dickwandigem Topf. Foto G. LEPRÊTRE.

men würde. Außerdem bestand meine erste Kollektion aus Schalen, die zu groß waren. Probieren Sie es selbst: Ein Bäumchen in einem zu großen Topf erinnert an einen Clown mit übergroßen Schuhen. Diesem Mangel wollte ich mit einigermaßen originellen Gefäßen aus dem deutschen Kunstgewerbe abhelfen, versah sie mit Abflußlöchern und bepflanzte sie. Doch ich muß sagen, zufrieden war ich nicht. All diesen Erzeugnissen fehlt die angenehme Proportion der japanischen Schalen: die rechteckigen sind zu schmal, die runden zu hoch. Ihre Form wirkt allgemein streng, sie sind zu dickwandig (Bild 12) und an der falschen Stelle glasiert, nämlich innen statt außen. Als ästhetischen und funktionalen Mangel empfinde ich das Fehlen der Füße.

Nach BEHME ergänzen viele amerikanische Bonsai-Freunde ihr Lager mit selbstgebastelten Bonsai-Gefäßen. Doch die meisten Behälter, die er in seinem Buch abbildet, überzeugen mich nicht. Wir sollten es bei den überkommenen Formen der Japaner belassen. Sie sind einfach gut.
Was die japanische und chinesische Keramik-Industrie an gepreßten Schalen- und Topfformen auf den Markt bringt, ist in Bild 13 dargestellt. Es zeigt die wichtigsten Längsschnitte. Das Angebot erhöht sich um ein Vielfaches durch unzählige Abwandlungen im Detail: zusätzliche umlaufende Wülste, abgeschrägte Ecken, eckige Übergänge und so fort.
Wer Gefallen findet an schöner, stilvoller Keramik, braucht jedoch nicht unbedingt auf antike asiatische Gefäße zurückzugreifen, die unerschwinglich teuer sind. Auch hierzulande haben sich Künstler des Themas angenommen, wie die handgefertigten Bonsai-Schalen auf Bild 14 zeigen.

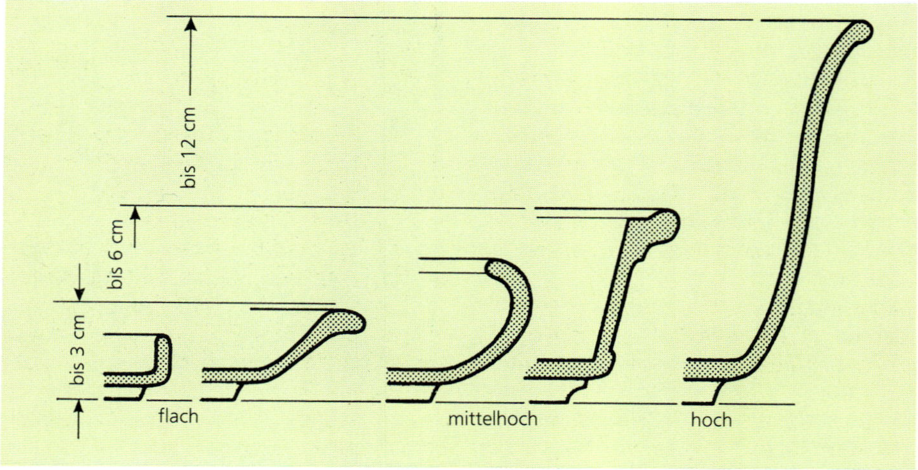

Bild 13. Schalenformen aus Japan und China (Längsschnitt).

Schalen für alle Fälle

Schon beim ersten Eintopfen empfand ich es als Mangel, nicht aus mehreren Schalen aussuchen zu können. Mit dem Vorrat an leeren Gefäßen, den ich mir nach und nach zulegte, kam ich nicht mehr in die Verlegenheit, Pflanzen in die nächstbeste, oft ungeeignete Schale setzen zu müssen. Natürlich ist eine Lagerhaltung nicht gerade billig. Für etwa 30 bepflanzte Behälter und 15 Reserveschalen habe ich, bei einem Durchschnittspreis von 12 DM, bis jetzt knapp 600 DM investiert.

Farbe und Glasur

Die Frage nach der Beziehung zwischen Pflanze und Topf läßt sich kaum allgemein beantworten. Hier muß jeder nach seinem Geschmack entscheiden. Einen japanischen Rat aber möchte ich Ihnen ans Herz legen: Verwenden Sie für Ihr Bäumchen ein einfaches, farblich unauffälliges Gefäß, das den Charakter der Pflanze unterstreicht, nicht aber selbst zum Blickfang wird. Wichtig ist der Baum oder die Baumgruppe; das Gefäß darf weder durch seine Größe noch durch auffällige Farben und Formen in den Vordergrund treten.

Abgesehen vom persönlichen Geschmack, sollten bei der Auswahl der Gefäße folgende Hinweise berücksichtigt werden:

- Dunkelbraune Gefäße sind am unverfänglichsten, mindestens für den Anfang, solange wir noch experimentieren. Braun ist die Farbe der Erde und wirkt daher nie aufdringlich.
- Glasierte Gefäße »atmen« nicht, halten aber die Bodenfeuchtigkeit länger. In Behältern aus unglasierter Keramik verdunstet die Feuchtigkeit nicht nur an der Erdoberfläche, sondern auch durch die porösen Wände. Hier zeigen leichte Farbunterschiede an der Außenwand an, ob der Wurzelballen noch feucht ist.

Bild 14. Handgefertigte Bonsai-Schalen aus Deutschland. Foto MÜHLBAUER.

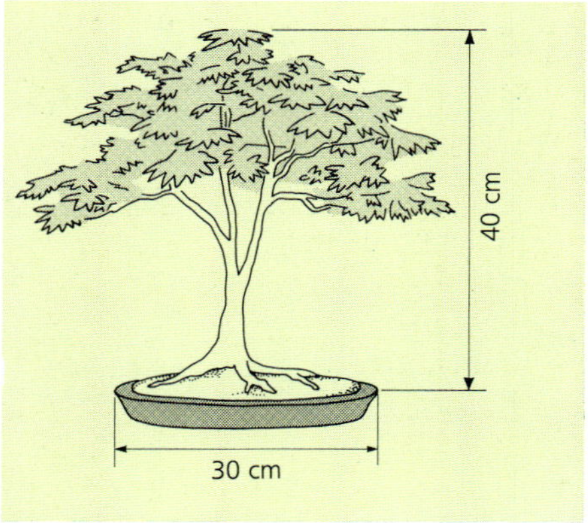

Bild 15. Die Baumhöhe ist größer als die Schalenlänge.

Bild 16. Kaskadenpflanzen. **a** Harmonie zwischen Topf und Pflanze. **b** Unausgewogener Gesamteindruck.

- Ein nach innen gezogener Rand (Bild 13) erschwert das Umtopfen. Beim Herausnehmen der Pflanzen muß man das Wurzelwerk sorgfältig lockern und bei starker Wölbung sogar abstechen.

Auswahl der Gefäße

Einem Anfänger wird es leicht passieren, daß er ein zu großes Gefäß verwendet. Im allgemeinen richtet man sich nach dem Verhältnis

Baumhöhe : Gefäßlänge = 1 : 1

Besser aber wird der Gesamteindruck bei einer Gefäßlänge, die 20–30% kleiner ist als die Baumlänge (Bild 15).

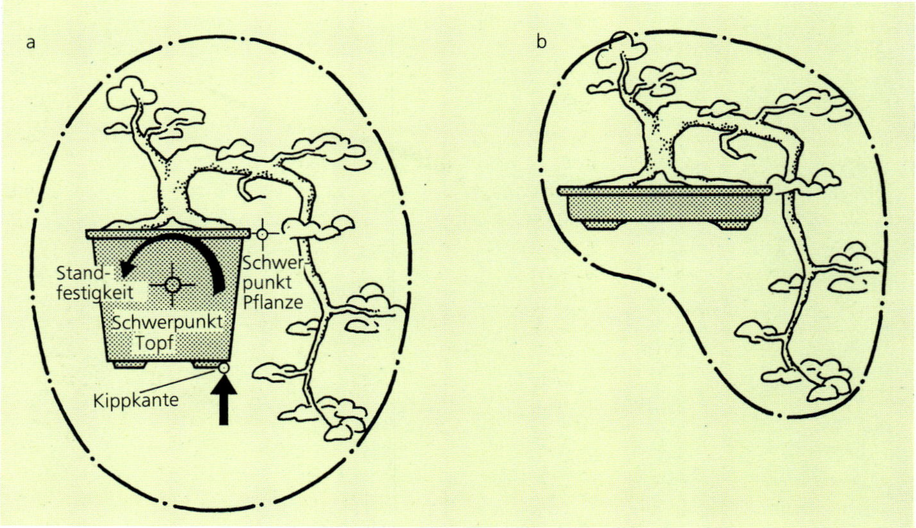

Kaskadenpflanzen hängen nach einer Seite über und benötigen daher ein besonders standsicheres Gefäß. Man pflanzt sie am besten in einen tiefen Topf, der an sich schon schwer ist. Eine schwere, flache Schale könnte zwar ebenso standfest sein, doch würde sie den Gesamteindruck einer Kaskade mindern. In Bild 16a vermittelt die strichpunktierte Umrißlinie eine Betonung der Senkrechten. Das Gesamtbild wirkt harmonisch. Im Bild 16b dagegen fehlt die Ausgewogenheit, so daß sich ein eckiger, unruhiger Gesamteindruck ergibt.

Werkzeuge und Hilfsmittel

Dem Bonsai-Anfänger wird bereits nach den ersten Handgriffen klar: Ohne Hilfsmittel geht es nicht! Da er nicht weiß, ob er seinem neuen Steckenpferd treu bleiben wird, versucht er, zunächst mit dem unbedingt Erforderlichen auszukommen. Der Grundbestand an Werkzeugen und Hilfsmitteln ergibt sich aus den wenigen, sich regelmäßig wiederholenden Arbeiten, die auf Seite 34 zusammengestellt sind.
Wie Sie sehen, bleibt der Aufwand in Grenzen. Bastler, die manche dieser Hilfsmittel selbst herstellen, brauchen dazu keine 200 DM und können die ersten 2–3 Jahre ohne Schwierigkeiten arbeiten.
Im folgenden gebe ich Ihnen einige praktische Hinweise zu speziellen Bonsai-Arbeiten und -Hilfsmitteln.

Siebe

Um es gleich vorweg zu sagen: Bonsai-Erde selbst herzustellen ist eine aufwendige Angelegenheit. Wer sich dieser Beschäftigung ungehindert hingeben will, sollte meines Erachtens über einen Garten mit gepflegtem Komposthaufen verfügen. Andernfalls rate ich zum Kauf fertiger Bonsai-Erde. Sie enthebt Sie aller hier beschriebenen Mühen.
Ich selbst bin glücklicher Besitzer eines Gartens und eines organisch gewachsenen Komposts und bereite also meine Bonsai-Erde selbst zu. Anfangs siebte ich lediglich die nach bestem Waldhumus duftende Komposterde, vermischte sie mit Sand und Lehm und gab sie in die Pflanztöpfe. Die Folge: Meine Bonsai-Kinder wären im üppig sprießenden Unkraut fast erstickt. Seither weiß ich, daß man Bonsai-Erde sterilisieren muß, um Unkrautsamen und Schaderreger zu vernich-

Die wichtigsten Hilfsmittel für grundlegende Arbeiten

Werkzeuge und Hilfsmittel	**Anfallende Arbeiten**
4 Siebe (Maschenweiten 10, 5, 2, 1 mm)	Bodenmischungen herstellen
Kunststoffbehälter, transparente Plastiktüten	Bodenmischungen aufbewahren
Kurzschenkelige Schere	Dünne Zweige und große Blätter beschneiden
Pinzette (12–15 cm lang)	Moos auszupfen
Baumschere	Äste und starke Wurzeln beschneiden
Aluminiumdrähte (∅ 1, 2 und 3 mm)	Drahten
Kleine Kombizange, Seitenschneider	Draht abschneiden und biegen
Drehtisch	Bepflanzte Töpfe in günstige Stellung bringen
Drahthaken, Haushaltscheren, Gabeln, Löffel	Umtopfen
Drucksprühgerät	Bonsai wässern
Plastikeimer	Gießwasser abstehen lassen
Flacher Kunststoffbehälter	Bonsai fluten
Unkrautstecher mit schmaler, langer Schaufel	Pflanzen in der Natur sammeln

Siebe und ihre Verwendung

Maschenweite in mm	**Siebmaterial**	**Erhaltenes Material**	**Verwendung**
10	Schotter und grobe Erde mit Steinen, Holzteilen, Erdklumpen	Kies (1) vorgesiebte Erde (a)	Dränage für größere Töpfe Erneut sieben
5	Kies (1) und Erde, Lehm, Torf (a)	kleinkörniger Kies (2) feine Erde (b), sterilisieren und trocknen	Dränage für kleine Töpfe Pflanzerde
2	Scharfer Sand	Splitt (= grober Sand)	Beimischung zur Bonsai-Erde
1	getrocknete Erde (b)	mehlfeine Erde	Nicht verwenden, beeinträchtigt Wasserdurchlässigkeit

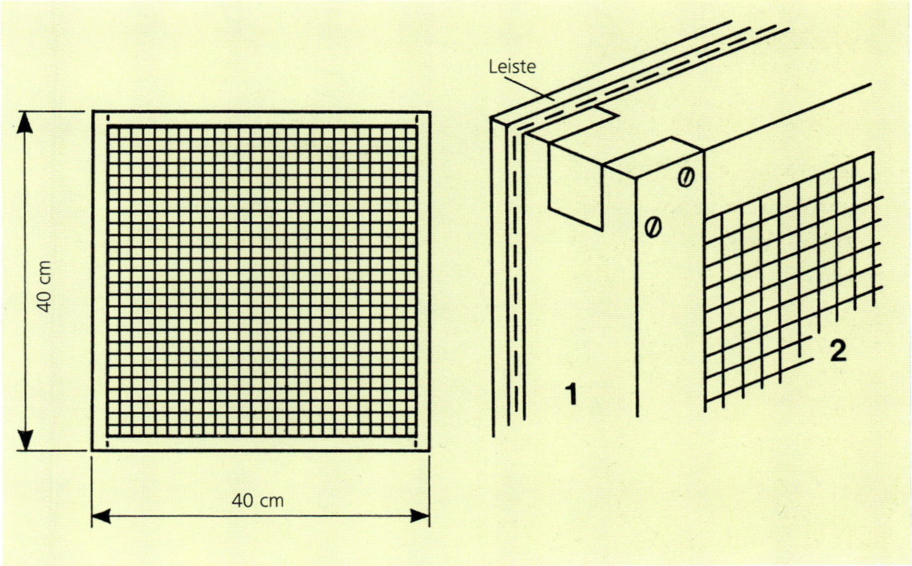

ten. Natürlich werden dadurch auch die nützlichen Bodenorganismen abgetötet – das ist die Kehrseite der Medaille. Doch dem läßt sich abhelfen: Ich impfe meine sterilisierte Erde beim Ein- und Umtopfen mit einer Prise frischer Komposterde. Die Gefahr, damit erneut unerwünschte Organismen einzuschleusen, ist gering.

Meine Siebe verwende ich für die in der Tabelle auf Seite 34 genannten Arbeiten. Die 4 selbstgebauten Siebe sind quadratisch, gleich groß und damit gut verstaubar (Bild 17).

Bild 17. Selbstgebautes Sieb. Die Rahmenhölzer (1) bestehen aus gewöhnlichen Dachlatten, 50×25 mm. Der Maschendraht (2) ist mit 8 mm dicken Leisten und mittels 3 Schrauben pro Seite am Rahmen festgeklemmt.

Scheren

Mit der kurzen Bonsai-Schere (Bild 18 rechts) ist man als Anfänger für alle Schneidarbeiten gut ausgerüstet. Jede andere, nicht quetschende Schere mit ähnlichen Hebelverhältnissen (Schneideteil kürzer als Griffteil) eignet sich aber genausogut. Auf die schmale Schere kann man zunächst verzichten; sie tut jedoch

gute Dienste, sobald man im Innern längerer Äste schneiden muß.
Bei gesammelten Pflanzen wird man hin und wieder einen fingerdicken Ast oder eine zu lange Wurzel abschneiden müssen. Hierfür empfiehlt sich die Anschaffung einer guten Baumschere. Zwar läßt sie sich an Topfbäumchen nicht immer optimal ansetzen, aber an unseren zunächst weniger wertvollen Bäumen wollen wir das als Anfänger verschmerzen. Wo ich mit der Schnittstelle überhaupt nicht zufrieden war, konnte ich bis jetzt immer noch mit der Laubsäge ein brauchbares Ergebnis erreichen. Zugegeben, für einen sehr wertvollen Bonsai würde ich die Ausgaben nicht scheuen und mir spezielle japanische Scheren anschaffen.

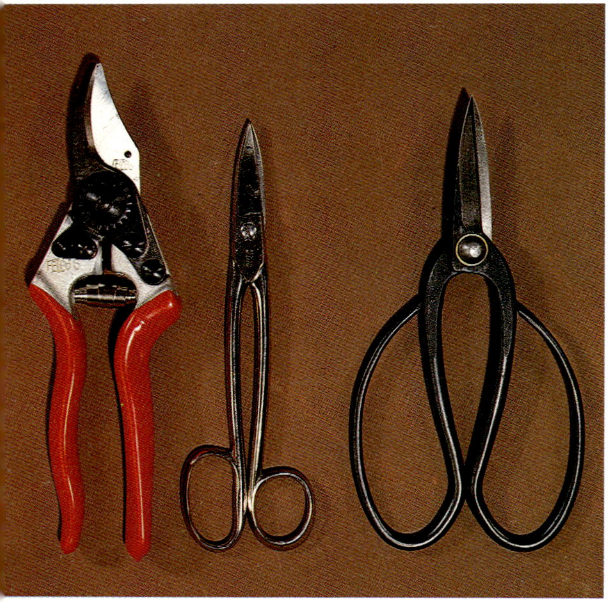

Bild 18. Drei Scheren, die der Anfänger als Mindestausrüstung braucht. Links: Stabile Baumschere für dickere Äste und Wurzeln. Mitte: Schmale, kurzschenkelige Schere zum Schneiden in der Krone. Rechts: Japanische Universalschere. Foto MÜHLBAUER.

Drehtisch

Die schönsten und beglückendsten Momente erlebt der Bonsai-Freund in seinen Mußestunden beim Betrachten seiner Bäumchen. Er wird sie dann so aufstellen, daß sie sich ihm von ihrer schönsten Seite zeigen. Muß aber die Beschaulichkeit den

Bild 19. Ein aus einfachen Mitteln zusammengesetzter Drehtisch.

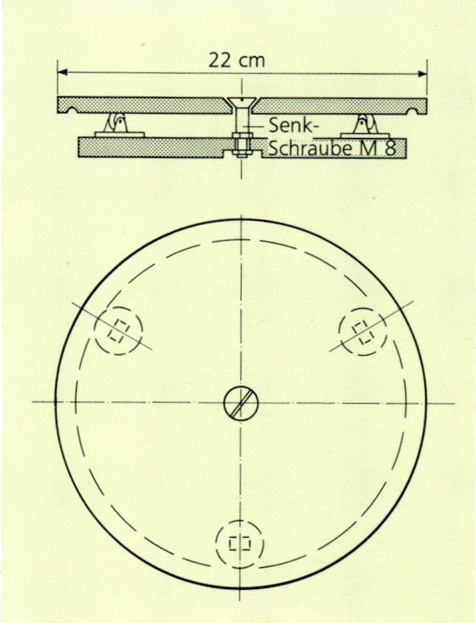

immer wieder erforderlichen Gestaltungsarbeiten weichen, so wäre es äußerst unpraktisch und umständlich, wollte man den Topf mit seinem sperrigen Inhalt dauernd in andere Positionen rücken. Die Japaner haben sich deshalb einen Drehtisch ausgedacht, der die Positionsveränderung erleichtert. Bild 19 zeigt meinen eigenen, sehr einfachen Drehtisch. Er besteht aus 2 runden Küchenbrettchen, 3 käuflichen Rollen und einer zentralen Halteschraube.

Eintopfen

Du bist die Wurzel eines Baumes, der von Dir lebt.

SAINT-EXUPÉRY

Vom Eintopfen eines Bäumchens sprechen wir, wenn unser Pflegling vom Anzuchtgefäß zum ersten Mal in eine Bonsai-Schale kommt. Den Zeitpunkt der Aktion kennen wir schon: Frühjahr oder Herbst.

Material. Vor dem Einpflanzen legen wir die dazu notwendigen Dinge zurecht: Erdmischung, Kies, Nylonnetz, Aluminiumdraht 1 mm, Kombizange, Löffel, Stocherwerkzeug (Stricknadel oder Gabel). Das Nylonnetz wird zum Abdecken der sehr großen Bodenlöcher verwendet, damit Kies und Erde nicht herausrieseln können. Als preisgünstige Meterware beschafft, reicht 1 m^2 davon leicht für 300 mittelgroße Bonsai-Töpfe.

Eintopfen. Die Netzstreifen entsprechend dem Topfboden zurechtschneiden und über die Abflußlöcher legen. Als Dränage groben Kies daraufschütten (höchstens $^2/_{10}$ der Topfhöhe) und dann so viel Erdmischung einfüllen, daß das lose dar-

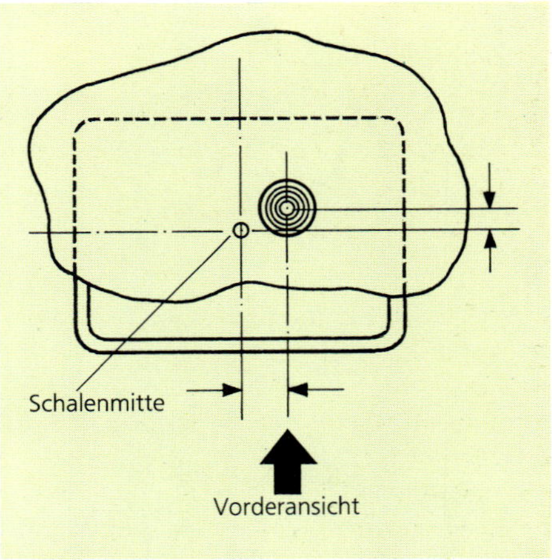

Bild 20. Bei länglichen Schalen steht das Bäumchen etwas außerhalb der Mitte.

aufgestellte Bäumchen seine richtige Höhenlage einnimmt. Durch die Löcher am Gefäßboden Draht (1 mm) einziehen, den man durch einen selbstgebastelten Haken sichert. Auch ein kurzes Holzstäbchen quer unter das Loch gelegt, kann als Drahthalterung dienen (Bild 21).

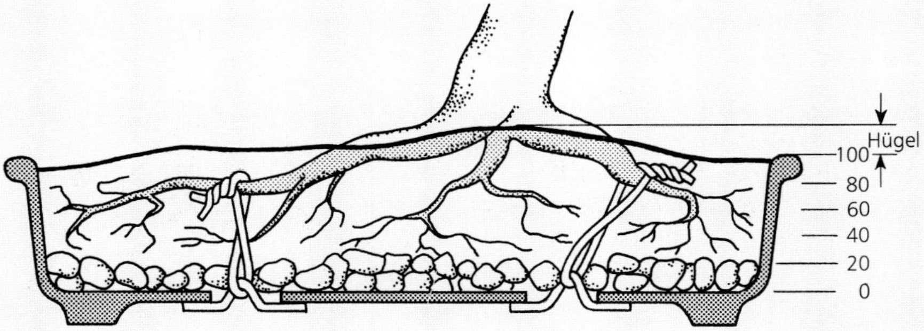

Bild 21. Drahtfixierung sorgt für guten Halt in der Schale.

Bild 22. Gebogener Stamm mit Stein als Gegenlager.

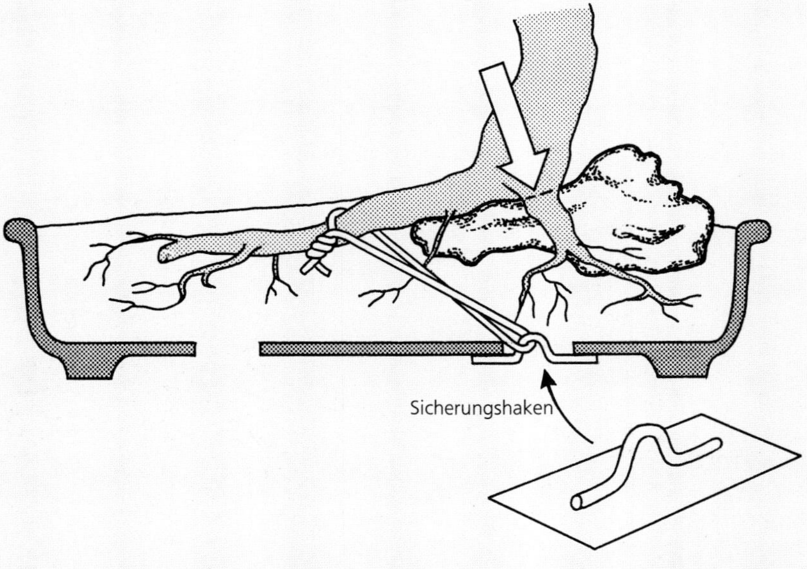

Der Draht soll der Pflanze später Halt geben. Das Bäumchen sitzt richtig, wenn seine Vorderseite (siehe Bild 20) etwa parallel zur Schalenlängsseite verläuft und wenn sein Wurzelhals den Schalenrand überragt. Bei rechteckigen Schalen soll der Stamm außerdem leicht aus der Schalenmitte herausgerückt werden (Bild 20). Nun füllen wir noch etwas trockene Erde ein, drücken sie vorsichtig zwischen die Wurzeln, damit keine Hohlräume entstehen, und drehen dann den Haltedraht um zwei kräftige Wurzeln fest. Die Schließwindung wird so umgebogen, daß sie in der Deckerde verschwindet (Bild 21). Schließlich wird die Schale bis zum Rand mit Erde aufgefüllt.

Gebogene Stämme läßt man über einen Stein laufen, der den Druck der Drahtfixierung aufnimmt (Bild 22). Gut ausgewählte Steine verschönern den Gesamteindruck des Bonsais.

Wässern. Der fertig eingetopfte Bonsai muß gut gewässert werden. Wir bringen ihn in eine flache Kunststoffwanne, die so viel Wasser enthält, daß das Bäumchen bis zum Schalenrand darin steht. Zuvor haben wir die Deckerde befeuchtet, damit das unten eindringende Wasser den sehr leichten, trockenen Boden nicht anhebt und aus dem Gefäß herausdrückt.

Das so eingetopfte Bäumchen bietet einen besonders befriedigenden Anblick, wenn die Erde vom Gefäßrand zum Stamm hin einen leichten Hügel bildet, die Wurzelansätze aber freigelegt sind.

Wurzelschnitt. Nicht jedes Bäumchen besitzt günstig gewachsene Wurzeln. Bei Stecklingen können wir die Wurzelentwicklung durch besondere Maßnahmen beeinflussen (Bilder 23, 24).

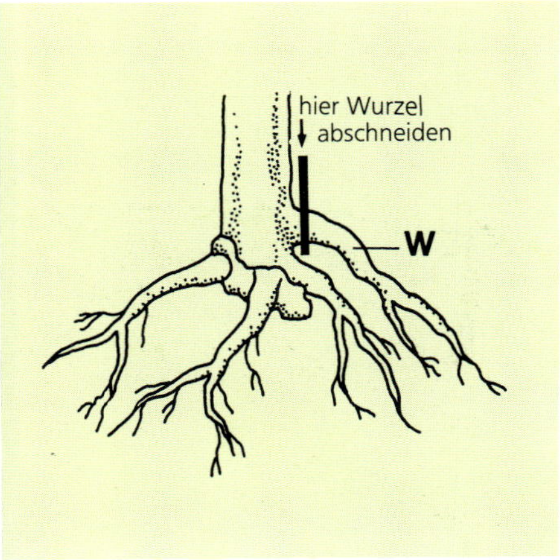

Bild 23. Die hoch ansetzende Wurzel (W) stört das Gesamtbild. Wir schneiden sie ab und formen mit den restlichen Wurzeln einen schönen Stern.

Bild 24. Wurzeln waagrecht erziehen. Durch untergelegten, scheibenförmigen Kieselstein werden die steil abwärts wachsenden Stecklingswurzeln zum waagrechten Weiterwachsen gezwungen.

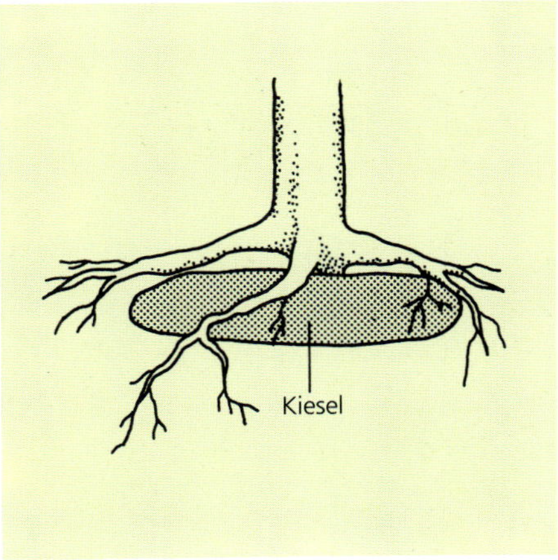

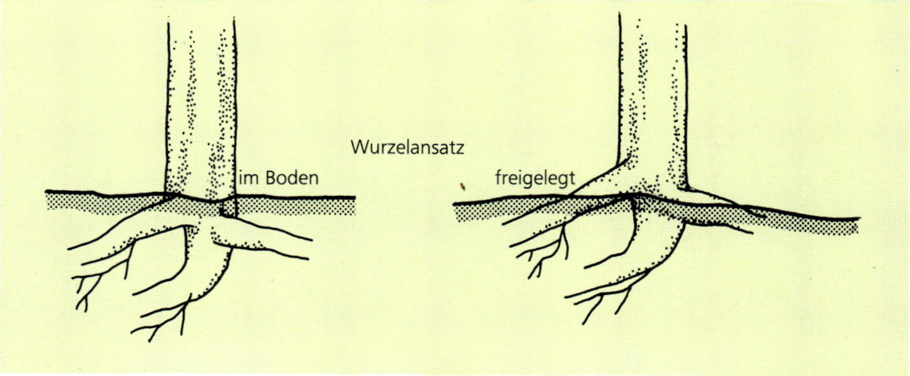

Bild 25. Den Wurzelansatz freilegen.

Wurzelansatz. Wo Baumwurzeln in der Natur freiliegen, geschah dies durch Erosion und andere äußere Einwirkungen. Beim werdenden Bonsai sind wir es, die den Wurzelansatz freilegen. Wir topfen das Bäumchen hoch genug ein oder, wo dies versäumt wurde, lockern vorsichtig den oberen Wurzelbereich und spülen ihn mit der Sprühdüse frei (Bild 25). An der Luft bildet der Wurzelansatz bald die gleiche Rindenstruktur aus wie der Stamm.

Unterpflanzung

Betrachten wir in der Natur einen Baum, so beziehen wir unwillkürlich auch seine Umgebung, vor allem den Bodenbereich, in unser Schauen mit ein. Dort sieht man, besonders bei älteren Bäumen, flach ausstreichende Wurzeln sich am Boden hinziehen, dazwischen Gräser und Moose, von denen sich je nach Bodenbeschaffen-

Bild 26. Herbstlich verfärbte Berberitze mit Zwillingsstamm. Die Unterpflanzung unterstreicht den natürlichen Charakter dieser Pflanze. Foto Dr. Krassai.

heit und Lichtverhältnissen die verschiedensten Arten hier angesiedelt haben.
Der Bonsai-Freund nimmt die Natur zum Vorbild und strebt in seinen Schalen ähnliche Verhältnisse an (Bild 26). Eine Unterpflanzung unterstreicht den natürlichen Charakter unserer Bonsais und trägt zur »Alterswürde« der Bäumchen bei. Nebenbei hat sie noch eine sehr nützliche Funktion: Sie schützt die Erdoberfläche vor zu raschem Austrocknen, was sich vor allem im Sommer günstig auswirken kann.
Das bodendeckende Moos ist wie geschaffen für unsere Bäumchen. Es bleibt niedrig und paßt in seiner originellen Blattform so gut zu den Bonsaiformen wie keine andere Pflanze.
Doch Moos ist nicht gleich Moos. Wir sollten vor allem das feingliedrige, wie Samt sich dem Boden anschmiegende Laubmoos wählen. Wartet man lange genug und hält die Oberfläche immer leicht feucht, so stellt es sich von selbst ein. Der Wind verbreitet die winzigen Sporen ausgereifter Moose. Auf diese Weise finden manche den Weg zu einer Bonsai-Schale. Sie bleiben liegen und keimen aus.
Man kann aber auch eine Mooszucht anlegen und das Moos vorrätig halten, so daß man für die frisch eingetopften Bäumchen gleich größere Moosfladen zum Auflegen parat hat. Das Warten auf den mehr zufälligen Sporensegen aus der Luft läßt sich abkürzen, wenn man selbst Sporen von ausgereiften Moospflanzen holt – sie gibt es die ganze Vegetationsperiode über. Man verteilt die Sporen in den Bonsai-Töpfen und entdeckt schon nach 1–2 Monaten zu seiner Freude den aufkeimenden Moosteppich.
Überläßt man den Mooswuchs der Natur, so wird mit großer Wahrscheinlichkeit das lappenartige Brunnenlebermoos die Oberhand gewinnen. Es sieht sehr reizvoll aus, wenn es seine sporenfangenden Schirmchen aufstellt, aber leider taugt es nicht zur Unterpflanzung für Bonsais. Wo es auftritt, sollte man es gleich auszupfen, denn einmal in der Bonsai-Ecke angesiedelt, verbreitet es sich mit großer Geschwindigkeit in allen Töpfen, und man hat seine liebe Not damit.
Schlechte Erfahrungen machte ich mit den Waldmoosen. Sie verlieren schnell ihre Frische, werden braun und unansehnlich. Vermutlich finden sie in der Bonsai-Schale keine günstigen Lebensbedingungen. Eine ähnliche Schwierigkeit erlebte ich mit Gebirgspflanzen aus dem Schweizer Jura. Dort ausgestochene niedrige Gräser, Löwenzähnchen, Huflattich und andere wundervolle, mir unbekannte Miniaturpflänzchen verschwanden fast unbemerkt wieder aus meiner Pflanzung. Der Wechsel vom Gebirgsstandort ins schwülwarme Rheintal bekam ihnen nicht, und ich war um eine Erfahrung reicher: Nur selten gelingt es, Gebirgspflanzen im Flachland anzusiedeln. Sie fühlen sich unter den gänzlich anderen Bedingungen nicht wohl. Man sollte sie dort stehen lassen, wo sie am besten gedeihen, und viele von ihnen sind auch geschützt. Sie dürfen ihrem Standort nicht entnommen werden.
Noch eine Erfahrung mußte ich machen: Nicht jedem schönen Kräutchen darf man trauen. Mit seinem dicht verfilzten Wurzelwerk kann manches dieser Gewächse unserem Bonsai den Lebensraum streitig machen. Dann ist es als Unterpflanzung

unbrauchbar. So entdeckte ich eines Tages beim Umtopfen, daß eine niedrige Labkrautart *(Galium)* mit ihren Wurzeln die ganze Schale ausgefüllt und dadurch das Nährstoffangebot für das Bäumchen geschmälert hatte.

Es zeigt sich wieder, daß das, was sich in seiner natürlichen Umgebung versteckt, drückt, kleinmacht, über sich selbst hinausweisen kann und uns Ausblicke eröffnet auf größere Verwandtschaft.

SIEGFRIED LENZ

Standplatz

Für den Anfänger ist es wichtig, seine Versuchspflanzen an einem praktischen, aber doch pflanzengerechten Platz aufzustellen. Erst später, wenn sie zu wohlgestalteten Bäumchen herangewachsen sind, geben wir ihnen einen würdigen Platz, an dem sie so richtig zur Geltung kommen.

Bild 27. Bonsais im Schattierungsraum. Foto H. METZ.

Ordnung im Bonsai-Quartier

Am Aussehen der Tische, Regale, Schattierungsräume und Gärten, die der Bonsai-Freund für seine Pflanzen benutzt, läßt sich ablesen, welchen Schwerpunkt er sich gesetzt hat, wie wichtig er sein Steckenpferd nimmt und welche räumlichen Möglichkeiten ihm zum Aufstellen seiner Bäumchen zur Verfügung stehen.
Der Balkon-Gärtner kann nur wenige, dafür aber oft um so wertvollere Bäumchen pflegen. Hat er einen Kleingarten, muß er achtgeben, daß seine Bonsais nicht alles andere daraus verdrängen. Denn so klein ein Topfbaum ist: wenn man sich immer mehr davon anschafft, geht der Platzbedarf schnell über das Maß hinaus, das man sich anfangs vorgestellt hat.
In jedem Fall wäre es schade, müßte die eigentliche Sache, die Bonsais, darunter leiden. So wäre es gut, wenn wir unseren Versuchen drei Abteilungen zur Verfügung stellen könnten: Sämlinge und Stecklinge an wind- und sonnengeschützter Stelle unter sich, die im Werden befindlichen Übungspflanzen an einem weniger anspruchsvollen Ort (Bild 27) und jene Bäumchen, die bereits Bonsai-Qualitäten zeigen, an einem Platz, der ihre Eigenart zur Geltung kommen läßt.

Ein Ehrenplatz für gute Bonsais

Das Gestalten eines Bonsais spricht den, der es tut, so direkt an, daß allmählich eine Beziehung zwischen Pflanze und Mensch entsteht. Sie verstärkt sich im Laufe der Jahre, denn selbst gut gelungene Bonsais bedürfen laufend unserer pflegerischen und ordnenden Hand. Zusammen mit unseren Bäumchen werden wir älter, und es vergeht kaum ein Tag, an dem wir sie nicht betrachten und uns daran erfreuen. So geht unser Interesse an ihnen weit über das Nur-gestalten-Wollen hinaus. Es ist daher durchaus begreiflich, wenn wir unsere guten Bonsais vom Regal für Versuchspflanzen wegnehmen und ihnen einen Platz zuweisen, an dem ihr ausgeprägter Charakter voll zur Geltung kommen kann.
So klein sie sind, solche Bäumchen bereichern jeden Garten nahe am Haus. Vielleicht findet sich sogar ein günstiger Platz in Fensternähe, so daß wir sie immer im Blickfeld haben.
Bei der Auswahl eines geeigneten Platzes sollte man einiges bedenken:
Hintergrund. Bei unseren Miniaturen herrscht in der Regel die grüne Farbe vor; der Hintergrund sollte einen Kontrast dazu bilden und deshalb nicht auch grün sein. Bonsais vor Sträuchern, von Kletterpflanzen überzogenen Wänden usw. aufzustellen, ist also nicht vorteilhaft (Bild 28).
Wichtig ist ein ruhiger, kontrastreicher Hintergrund mit zarten Farben: Weiß, Hellgelb, Hellrot, Hellgrau, Beige usw., der den Umriß des Bäumchens gut erken-

nen läßt. Je natürlicher das Hintergrundmaterial, desto naturnaher wird der Gesamteindruck. Einige Vorschläge dazu: blauer Himmel, Naturstein, Holz, Rauhputz.
Ist der Hintergrund eine Mauer, dann sollte man die Wärmeabstrahlung an heißen Tagen berücksichtigen und die Bäumchen nicht zu nah an die Wand stellen.

Betrachtungshöhe. Eine gute Perspektive ergibt sich bei Stellhöhen zwischen 80 und 120 cm. In der Umgebung eines Sitzplatzes sind die Bäumchen entsprechend niedriger aufzustellen.

Überdachung. Frisch umgetopften Bonsais sollte man etwas Schutz gewähren, damit bei starken Regengüssen der noch lockere Boden nicht aus der Schale geschwemmt wird. Als Unterstellmöglichkeiten eignen sich Glasüberdachungen, Dachvorsprünge, alte Bäume u. a. Es muß in jedem Fall ein luftiger Platz gewählt werden, und der Überbau darf das Sonnenlicht nicht zu stark abhalten.
Und noch etwas: Bonsais sind Pflanzen, die in der Natur draußen wachsen. Im Haus, wo ihnen die lebenswichtigen Witterungseinflüsse fehlen, haben sie daher nichts zu suchen.

Himmelsrichtung. Je nachdem, ob wir Licht- oder Schattenpflanzen in unseren Schalen pflegen, kommt für die lichtbedürftigen eine Südlage, für die weniger anspruchsvollen auch eine West- oder Ostlage in Frage. Pflanzen an der Südseite des Hauses brauchen im Sommer eine leichte Schattierung (Binsenmatte, Lattendach usw.). Hier ist besondere Vorsicht vor Stauwärme geboten!
Ich selbst habe meine Bonsais auf einen Platz gestellt, den ich vom Wohnzimmer

Bild 28. Auch ein noch so schönes Topfbäumchen kommt vor einem unruhigen und dazu noch grünen Hintergrund kaum zur Geltung. Foto G. Leprêtre.

und von der überdachten Terrasse aus gut überblicken kann. Die Bäumchen stehen dort auf zweckentfremdeten Rasenkantenplatten. Als Unterbau dienen Kalkbruchsteine. Die Hauswand ist nach Westen gerichtet.

Pflege nach dem 1. Jahr

Nicht in den Zweigen, in den Wurzeln steckt des Baumes Kraft.

GERTRUD V. LEFORT

Draußen in der Natur kann ein Baum im allgemeinen sein Wurzelwerk ungehindert entfalten, dem Bonsai in der Schale sind enge Grenzen gesetzt. Es liegt nun an uns, den Topfbäumchen durch geeignete Maßnahmen das Leben so zu erleichtern, daß sie trotz dieser Einengung gut wachsen und gedeihen.

Umtopfen

Warum umtopfen? Das Umtopfen geschieht vorzugsweise im Frühjahr, eventuell auch im Herbst. Wir verfolgen damit zwei Ziele: Rückschnitt der gesamten Wurzelmasse und Erneuerung der verbrauchten Erde.

Wie ein großer Baum, bildet auch unser kleingehaltenes Topfbäumchen immer mehr Wurzeln und vor allem Haarwürzelchen zur Wasser- und Nahrungsaufnahme aus. Oft entwickelt sich dabei ein regelrechter Wurzelfilz, der die ganze Schale ausfüllt. Manchmal merkt man es erst, wenn das Wurzelwerk unser Bäumchen sichtbar aus der Schale heraushebt.

Rückschnitt. Dieses eindeutige Zeichen sollten wir besser nicht abwarten, sondern schon vorher die Pflanze kontrollieren. Im ersten Herbst nach dem Einpflanzen heben wir die ganze Pflanze aus der Schale, und wenn bereits zu viele Wurzeln da sind, schneiden wir sie zurück. Um jedoch das Gleichgewicht zu wahren, müssen wir auch die Krone entsprechend zurückschneiden. Dieser schwerwiegende Eingriff erfordert viel Umsicht und Einfühlungsvermögen – zwei Eigenschaften, die wir uns durch aufmerksames Beobachten und geduldiges Üben aneignen können. Welches Niveau ein Bonsai-Praktiker erreicht hat, zeigt am deutlichsten sein Umgang mit der Schere.

Wurzel-Krone-Verhältnis. Im allgemeinen entspricht die Ausdehnung des Wurzelwerks dem Kronenumfang. Dieses Verhältnis nehmen wir beim Gestalten unserer Bonsais als groben Richtwert. Über die Beziehung zwischen Zweig- bzw. Blatt- und Wurzelmasse ist damit aber wenig ausgesagt.

So läßt sich bei älteren japanischen Bonsais das Verhältnis feststellen (Bild 29):

$$V_1 : V_2 = 1 : 5 \text{ bis } 1 : 7^{*)}$$

Die Forderung, Wurzeln nicht weiter als auf ein für das Bäumchen noch erträgliches Maß zurückzuschneiden, ist leichter gesagt als getan. Auch hier müssen wir lernen, behutsam vorzugehen und die Auswirkungen des Rückschnitts sorgfältig zu beobachten. Sollte ein Bäumchen nach dem Rückschnitt nicht mehr weiterwachsen, kränkeln oder gar die Blätter

*) V_1 = Topfvolumen; V_2 = Kronenvolumen

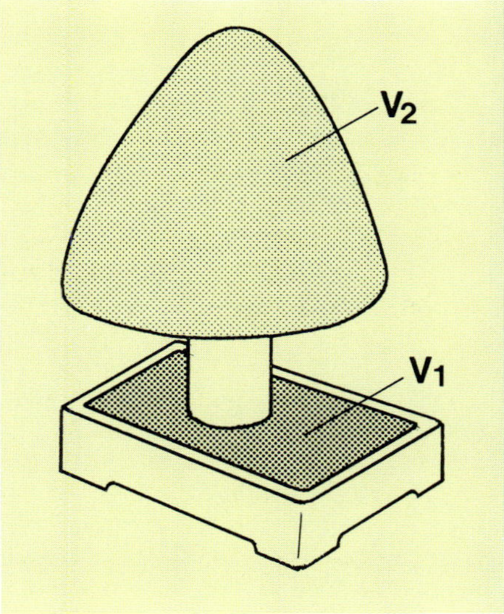

Bild 29. Für Wurzel- und Kronenmasse gibt es ein unteres Verhältnis.

fallen lassen, so ist dies ein unübersehbarer Hinweis für zu grobes Arbeiten.
Die Pflanze nimmt mit den Wurzelhaaren Wasser und die darin gelöste Nährsalze auf. Es ist daher wichtig, diese feinen Würzelchen so weitgehend wie irgend möglich zu erhalten.
Ein Bonsai-Freund tut kaum einen Handgriff an seinen Bäumchen, den er nicht der Natur abgeschaut hat. Im Falle der Wurzeln aber hat er seine Schwierigkeiten. Wie sich die Wurzeln im Boden ausbreiten, läßt sich nicht ohne weiteres von außen feststellen. Ein eindrucksvolles und lehrreiches Bild bietet uns der vom Sturm entwurzelte Baum. Lernen können wir auch an einem größeren Baum, der etwa im Garten ausgegraben werden muß. Und doch weiß man dabei nie, wie viele Wurzelausläufer der Boden zurückbehält. Beim Bonsai hängt fast alles davon ab, ob wir die Wurzeln im richtigen Maß zurückschneiden. Ich selbst schöpfe dabei gern aus dem Erfahrungsschatz der japanischen Meister. Ihre alten und trotzdem gesunden Bonsais lehren uns, wie weit wir gehen dürfen.

Schwächesymptome. Ein frisch ein- oder umgetopftes Bäumchen wird die erlittene Prozedur selten ohne sichtbare Folgen überstehen. Es erleidet einen Wachstumsschock, der je nach Empfindlichkeit der Baumart und je nach Stärke des Rückschnitts unterschiedlich lange anhält und die Pflanze im Wachstum hemmt. Auch der Zeitaufwand für das Umtopfen, die neue, oft anders zusammengesetzte Erde und die anschließenden Gießgepflogenheiten beeinflussen das Wohlbefinden einer umgesetzten Pflanze.
Ganz empfindlich reagieren Bäumchen, die auf »wackeligen Füßen« stehen, weil sie nicht mit Draht befestigt sind. Beim Gießen stößt man nur zu leicht mit der Wasserkanne an die Bäumchen, so daß die Wurzeln sich lockern und nicht mehr den engen Kontakt mit der umgebenden Erde haben, der sie vor dem Austrocknen schützt. Es entsteht etwas Spielraum, der sich vergrößern kann und zuviel Luft an die Wurzeln läßt. Jede Pflanze braucht zum Anwachsen gute, feuchte Erde und Ruhe.
Sollte ein Bäumchen nach starkem Rückschnitt besonders stark trauern, geben Sie es nicht gleich verloren. An einem beschatteten windstillen Platz wird es sich

bald erholen. Nur, kontrollieren Sie jetzt den Wasserverbrauch noch sorgfältiger als sonst. Wässern Sie nicht, wenn der Boden längere Zeit feucht bleibt, sondern warten Sie damit, bis er oberflächlich abgetrocknet ist.

Ein Laubbaum verdunstet mehr Wasser über die großflächigen Blätter als ein Nadelbaum. Sein Schwächezustand läßt sich daher nicht lange verbergen. Bei Koniferen dagegen ist der Umtopfschock häufig schlecht zu beurteilen. Man braucht schon einige Erfahrung, um von Farbnuancen der Nadeln auf das Befinden des Baumes schließen zu können.

Mancher Bonsai-Freund ohne gärtnerische Erfahrung ist am Anfang geneigt, durch allzu eifriges Dazutun die Entwicklung eines Bäumchens zu beschleunigen. Für ihn möchte ich hier noch einen Satz anfügen: Lassen Sie es in Ruhe wachsen und beschränken Sie Ihre Aktivitäten auf unaufschiebbare Maßnahmen!

Umtopfen, wie oft? Je nach Alter und Art des Baumes ist der zeitliche Abstand vom einen zum anderen Umtopfen verschieden. Vor allem Anfängern, die sich nicht speziell auf die Weiterpflege älterer Bonsais verlegt haben, empfehle ich: grundsätzlich 1mal pro Jahr, und zwar für jede Baumart. Dabei sollten Sie in den ersten Jahren eine gleichbleibende Erdmischung verwenden.

So wird umgetopft. Am Tag vor dem Umtopfen gießen wir unser Bäumchen nicht. Am folgenden Tag heben wir die Pflanze samt Wurzelballen aus dem Topf. Die alte Erde wird vorsichtig herausgeschüttelt oder sehr sorgfältig mit einem Drahthaken oder einer Gabel aus den Wurzelnischen geholt.

Dabei achten wir darauf, daß die Mykorrhiza (= Symbiose der Wurzeln mit bestimmten Pilzen) nicht gestört wird und klopfen die Erde großzügig ab. Das Pilzmyzel umspinnt die Seitenwurzeln und ersetzt die Wurzelhaare. Ist der Ballen schon dicht durchwurzelt, muß sorgfältig überlegt werden, wieviel davon zu entfernen ist.

Oft findet man mit Hilfe der Riechprobe heraus, wann die Umtopfzeit gekommen ist: Der Wurzelballen verströmt dann einen eigenartig moderigen Duft, der keine Verwandtschaft mehr zum frischen Geruch des Humus erkennen läßt.

Werkzeuge. Beim Herausnehmen des Wurzelballens bietet sich immer wieder ein typisches Bild: Die Wurzeln wachsen vorwiegend an der Topfwand entlang. Dieses meist dichte Wurzelwerk muß nun entwirrt werden, damit die Wurzeln mehr Freiraum bekommen. Für dieses Geschäft und für alle dazugehörigen Handgriffe habe ich meiner verständnisvollen Frau drei Gegenstände aus dem Haushalt entwendet: eine dicke Aluminiumstricknadel zum vorsichtigen Lockern und Loslösen, eine alte Schere für den Wurzelschnitt (Sand und Steinchen würden die Schneiden einer neuen Bonsai-Schere nur quälen!) sowie eine Gabel. Die Stricknadel wird vorne hakenförmig umgebogen. Der Haken und die Gabel haben sich als Universalwerkzeuge herausgestellt, auf die ich nicht mehr verzichten möchte.

Wurzeln nicht austrocknen lassen! Dunkelheit und Feuchtigkeit sind die Lebenselemente der Pflanzenwurzeln. Damit sie während des Umtopfens nicht austrocknen, sollte man für diese Arbeit nicht gerade das sonnigste oder windigste Wetter aussuchen. Oft können wir aber nicht auf den idealen bedeckten, windstillen Tag warten; dann arbeiten wir unbedingt im Schatten und schlagen den Wurzelballen in feuchte Erde ein. Wurzeln, die länger als 5–10 Minuten im Wind oder an der Sonne liegen, könnten uns diese Nachlässigkeit sehr übelnehmen.

Wässern

Ein Bonsai-Besitzer, nach der ihn am meisten in Anspruch nehmenden Pflegearbeit gefragt, wird ohne Zögern das Wässern nennen. Kein Wunder, denn unsere Bäumchen müssen sich mit sehr wenig Boden begnügen. 1–2 Tage Nachlässigkeit kann bei heißem Sommerwetter zum Vertrocknen und Absterben der Pflanzen führen. Kein Zweifel also: dem Wässern muß unsere größte Aufmerksamkeit gelten.

Wir tun uns bei Bonsais schwerer damit als etwa bei Zimmerpflanzen, weil uns der Gießrand fehlt. Ein Gießrand gilt unter Bonsai-Künstlern als ausgesprochener Schönheitsfehler. Man kann aber bei Jungpflanzen, die noch weit entfernt sind von der typischen Bonsai-Form, den Gießrand durchaus belassen, weil er die Pflege erleichtert und größere Wassergaben ermöglicht.

Wo wir aber keinen Gießrand und auch noch keine Unterpflanzung haben, müssen wir feinfühliger, langsamer und häufiger gießen.

Gießgeräte. Am günstigsten wirkt ein weicher Sprühregen aus feinen Düsen.

Bild 30. Drucksprühflasche. Foto GLORIA Werke, Wadersloh.

Die übliche Gießkanne mit den relativ großen Löchern im Sprenzer bringt einen zu harten Strahl auf die Pflanzen und schwemmt den Oberboden leicht weg. Viel Wasser läuft oberflächlich ab, und man weiß nicht sicher, ob der ganze Wurzelballen auch durchfeuchtet ist.

Wir beschaffen uns daher entweder die (ziemlich teuere!) japanische Bonsai-Gießkanne mit Spezialbrausekopf oder – wozu ich mich entschied – eine Drucksprühflasche (Bild 30), die an sich zur Schädlingsbekämpfung eingesetzt wird. Mit ihrer Handpumpe läßt sich in der

Flasche ein Druckpolster von 3 bar erzeugen. Damit kann man eine ganze Zeitlang sprühen, ohne dauernd weiterpumpen zu müssen.

Wer mit Regenwasser aus dem 10-Liter-Eimer arbeitet, empfindet bald den sparsamen Verbrauch dieser Drucksprühflasche als weiteren Vorteil. Je nach Witterung reicht eine Flaschenfüllung für 30 kleinere Pflanzen 1–3 Tage lang.

Tauchen. Von Zeit zu Zeit lasse ich meinen Bäumchen ein durchdringendes Fußbad zukommen. Ich benutze dazu eine flache, wassergefüllte Kunststoffwanne und stelle die Bonsais für 5–10 Minuten hinein.

Damit läßt sich auch ohne Umstände das Düngen verbinden. Entsprechend der Gebrauchsanweisung fügt man Flüssigdünger (siehe Seite 51) hinzu.

Bäume, die sich als »Säufer« herausstellen (Weide, Hainbuche u. a.), sollte man an heißen oder windigen Tagen öfter fluten als ihre weniger durstigen Brüder.

Da wir unsere Pflanzen immer wieder in die Hand nehmen, um sie zu begutachten, bekommen wir bald ein sicheres Gefühl dafür, ob der Wurzelballen das erforderliche Feuchtigkeitsgewicht hat oder nicht. Bei der täglichen Pflege ist mir dieses einfache Prüfverfahren schon fast zum mechanischen Handgriff geworden.

Das beste Gießwasser ist sauberes Regenwasser. Es enthält weder randbildenden Kalk noch keimabtötendes Chlor. Wo Leitungswasser nicht zu hart ist (unter 10° deutscher Härte), kann man auch dieses verwenden. Doch sollte man es 2–3 Tage abstehen lassen, damit das von den Wasserwerken zugesetzte Chlor entweichen kann. Es ist den Pflanzen nicht zuträglich.

Der Kalkgehalt dagegen ändert sich auch durch längeres Abstehenlassen nicht. Man kann den pH-Wert jedoch mit speziellen Enthärtungstabletten auf das für die Pflanzen notwendige Maß absenken.

Wer Regenwasser aus der Dachrinne sammelt, sollte beachten, daß der erste Regenguß nach längerer Niederschlagspause stark verunreinigt ist durch Ablagerung von Staub und Verbrennungsrückständen auf den Dachziegeln. Man wartet daher ein Weilchen, bis der Hauptschmutz abgewaschen und in der Kanalisation verschwunden ist, und fängt dann das relativ saubere Wasser auf.

Beim Gießen selbst können Sie nur noch eine Sünde begehen: sprühen in praller Sonne. Die an der Pflanze haftenden Wassertropfen wirken dann wie ein Brennglas: Sie bündeln die Sonnenstrahlen und vereinen sie im Brennpunkt dicht hinter dem Tropfen, so daß dort das Blattgewebe regelrecht verbrennt.

Die beste Zeit zum Gießen ist abends oder morgens.

Düngen

Ich werde nicht in den Erdsalzen die Erklärung für den Orangenbaum suchen. Indem ich den Aufstieg des Orangenbaums verfolge, werde ich durch ihn den Aufstieg der Erdsalze erklären.

SAINT-EXUPÉRY

Ein Bonsai darf nicht durch eingeschränkte Nährstoffgaben im Wachstum gehemmt werden, denn wie alle Pflanzen muß auch so ein kleines Bäumchen Substanz aufbauen, Blätter bilden, wachsen, blühen und fruchten können. Es entnimmt seine Nährstoffe dem Boden, und wir müssen sie regelmäßig und richtig dosiert ersetzen.

Zusammensetzung der Dünger

Ein Bonsai-Dünger ist grundsätzlich ein normaler Dünger. Neben wasserlöslichen Verbindungen der Kernnährstoffe Stickstoff, Phosphor, Kalium, Calcium und Magnesium sollte er Spurenelemente wie Eisen, Zink und Kupfer enthalten. Wichtig ist, daß die Nährstoffe allmählich abgegeben werden und damit über längere Zeit verfügbar sind. Diese Forderung erfüllen am besten organische Dünger. Sie entstehen aus pflanzlichen und tierischen Substanzen, die im Boden schrittweise zersetzt und von den Mikroorganismen in eine für die Pflanze aufnehmbare Form überführt werden. Neben Blut- und Knochenmehl, Hornspänen und Peru-Guano (Seevogelmist) gibt es viele andere Produkte im Handel. Organische Dünger für Zimmerpflanzen können wir auch für Bonsais verwenden. Sie werden in fester wie in flüssiger Form angeboten. Ich selbst bevorzuge Flüssigdünger (z. B. Compo-Guano flüssig), weil sie problemlos zu handhaben sind.

Wann, wie stark, wie oft düngen?

Grundsätzlich braucht eine Pflanze Düngegaben, solange sie wächst, also etwa zwischen Mai und Oktober. Dem Bonsai-Neuling rate ich zu einem 3-Wochen-Rhythmus, der, wenn man Mitte April beginnt, 7–8 Düngungen pro Jahr ergibt. Wichtig ist, daß man mit schwachen Konzentrationen arbeitet. Man nehme doppelt so viel Wasser oder noch mehr, als die Gebrauchsanweisung für Zimmerpflanzen angibt. Darüber hinaus beachten wir dies:

- Grundsätzlich nur in feuchte Erde düngen
- Blühende Bäumchen schwächer oder gar nicht düngen
- Japanische Düngekugeln auf die Erde legen, wo sie durch Gießen allmählich Nährstoffe abgeben. Nachteil: Sie greifen das Moospolster an.

Das Düngen ist eine wichtige Maßnahme in der Bonsai-Gärtnerei. Ein Überangebot von Nährstoffen fördert das Wachstum und würde unsere Bemühungen des Kleinhaltens sabotieren. Zu sparsame Düngergaben setzen die Lebenserwartung der Bäumchen herab. Auch hier gilt wie bei allen Techniken der Bonsai-Erziehung: durch stetes, aufmerksames Beobachten den richtigen Weg finden. Man kann nicht im ersten Jahr schon wissen, wie Pflanzenart, Pflanzenalter, Wachstumsphasen und Düngen zusammenhängen.

Kranke Bonsais

Im Tod des Gärtners liegt nichts, was einen Baum verletzt. Bedrohst Du aber den Baum, so stirbt der Gärtner einen zwiefachen Tod.

SAINT-EXUPÉRY

Als Bonsai-»Arzt« mache ich, Gott sei Dank, eine schlechte Figur, weil ich mit kranken Bonsais kaum Erfahrung habe. Ich glaube aber, einen Grund für mein Glück angeben zu können.

Zunächst möchte ich zwischen Pflegefehlern und ernstzunehmenden Krankheiten unterscheiden, obwohl jede unsachgemäße Pflege eine Krankheit nach sich ziehen kann.

Pflegefehler

Auf meiner Mißerfolgsliste stehen eine größere Anzahl von Stecklingen, 2–3 Sammelbäumchen sowie eine Kiefer und ein Ahorn aus der Baumschule. Bei den Stecklingen muß man stets mit einer gewissen Ausfallquote rechnen. Sind sie zum richtigen Zeitpunkt geschnitten worden und wollen trotz feuchter Erde und gespannter Luft nicht wurzeln, so kann man dies nur als Stecklingsschicksal bezeichnen, und es hilft nichts weiter als Gelassenheit und der Mut zu neuen Versuchen.

Staunässe. Meiner Kiefer hatte ich zu viele Wasserwohltaten erwiesen, wie sich beim Austopfen zeigte: die Wurzeln waren erstickt. Das Bäumchen steckte in einer schweren, wenig wasserdurchlässigen Erde, eine Dränageschicht fehlte. Die Kiefer machte kurzen Prozeß, ließ sich nicht auf langes Kränkeln ein und wechselte innerhalb von 2 Wochen ihre Nadelfarbe von Grün in Braun. Das Umtopfen in luftigere Erde und tägliches Übersprühen der braunen Nadeln halfen nichts. Die Pflanze ging ein.

Ich lernte daraus, auf Spaziergängen und Wanderungen besser zu beobachten, auf welchem Standort Bäume gut gedeihen und wo sie kümmern. Gerade Kiefern fühlen sich auf sandigen, durchlässigen Böden sehr wohl, wollen also auch in der Schale nicht zuviel Nässe.

Wassermangel. Das Ahornbäumchen dagegen vertrocknete, obwohl ich glaubte, es richtig gegossen zu haben. Sein kurzer Lebenslauf: Im Frühjahr in der Baumschule gekauft, im Herbst umgetopft, im nächsten Frühjahr kümmerlicher Austrieb. Nach dem Gießen blieb die Erdoberfläche lange feucht und dunkel, worauf ich zurückhaltender goß. Als sich das ärmliche Laub einzurollen begann, nahm ich den Dahinsiechenden aus dem Topf und war höchst erstaunt, unter der feuchten Oberfläche fast trockene Erde vorzufinden. Für diesen Vorgang habe ich keine sichere Erklärung. Vielleicht ist es so: Hat man den Wurzelballen einmal austrocknen lassen und wässert hinterher nicht stark und lange genug, dann dringt das Wasser nur langsam in die tieferen Erd-

schichten ein, und man läßt sich von der angefeuchteten Oberfläche zu der Annahme verleiten, man habe genügend gegossen. Ein Tauchen wäre hier angebracht gewesen.
Etwas Ähnliches fällt mir immer wieder beim Eintopfen auf. Füllt man trockenes Erde/Torf-Gemisch in einen Blumentopf bis 2 cm unter den Rand und gießt darauf Wasser, dann sickert dieses langsam in die Erde und tritt durch die Bodenlöcher aus. Man macht dabei die erstaunliche Entdeckung, daß nur eine ganz dünne Schicht an der Oberfläche naß ist; die Erde darunter bleibt trocken. Das Wasser muß durch Luftkanäle abgeflossen sein. Dazu sollte man folgendes wissen: Torf läßt sich in völlig trockenem Zustand nicht benetzen. Man darf ihn daher im Blumentopf nie austrocknen lassen. Deshalb sollte man torfhaltige Erde stets um so feuchter halten, je größer der Torfanteil ist. Wer dies berücksichtigt, hat keine Gießschwierigkeiten.
Verbrennungen, vor allem an den Blättern, gehen auf eine zu sorglose Pflege zurück. Sie entstehen, wenn man Pflanzen, die Halbschatten lieben, der vollen Sonne aussetzt oder wenn man die Blätter bei hochstehender Sonne mit Wasser übersprüht. Verbrennungen treten in Form von hellbraunen Flecken an den Blättern auf. Besonders empfindlich ist der Rote Ahorn *(Acer palmatum atropurpureum).* Bei ihm sind diese Symptome häufig zu beobachten.
Die zarten Sämlinge sollte man nach dem Pikieren nur schrittweise der Sonne aussetzen, damit sie sich allmählich daran gewöhnen. Hält man sie zu sehr im Schutz einer Wand und im Schatten, suchen sie sich selbst den Weg zum Licht – sie vergeilen und werden zu schwächlichen, langbeinigen Pflanzengestalten.

Krankheiten

Bedenklicher als die Folgen von Pflegefehlern sind echte Krankheiten. Eine kranke Pflanze sieht anders aus als eine gesunde. Sie verliert ihre Widerstandskraft, wird geschwächt und dadurch oft anfällig für Schädlingsbefall. Vor allem Blattläuse besiedeln solche Pflanzen. Je günstiger die Bedingungen für sie sind, desto schneller vermehren sie sich und desto eher können sie so einem Bäumchen den Garaus machen. Wir können diese unangenehmen Sauger zwar mit einem Insektizid beseitigen, doch haben wir damit die Pflanze noch nicht kuriert. Ich selbst zerdrücke die Läuse mit den Fingern, damit sie keine weiteren Saugschäden verursachen: Beulen an den jungen Trieben, eingerollte Blätter oder verkrümmte Nadeln. Doch nach dem widerlichen Blattlausmord bleibt die Frage offen: Warum sind die Schädlinge überhaupt gekommen? War das Bäumchen vielleicht doch nicht ganz gesund?
Nach A. Seifert ist bei einem kranken Baum, und das gilt wohl für jede Pflanze, das Bodenleben im Bereich der Wurzeln gestört. Im gesunden Boden herrscht ein vielfältiges Leben von Kleintieren, Pilzen und Mikroorganismen, die für eine gute Bodenstruktur sorgen und das organische Material durch Zersetzung den Pflanzen zugänglich machen.

In den flachen Bonsai-Schalen gerät das Mikroleben leicht durcheinander, wenn das Wurzelwerk fast den ganzen Raum ausfüllt, die Nährstoffe verbraucht sind oder die Erde überdüngt ist. Topfen Sie unter diesen Umständen das Bäumchen möglichst schnell um in frische Erde, damit die Wurzeln wieder Nahrung finden. Für mich selbst liegt das Geheimnis in der Prise frischen Komposts, mit der ich die gedämpfte Erde impfe. Das von diesem Kubikzentimeter ausgehende Leben ist das, was Bonsai-Wurzeln brauchen, um sich wohl zu fühlen.

Es widerstrebt mir bis ins Innerste, zu sagen: Vergiften Sie Blattläuse, Mehltau und Älchen mit Präparaten der chemischen Industrie. Viel lieber rate ich: Zerdrücken Sie die Läuse, sammeln Sie die Larven ab, übersprühen Sie den pilzbefallenen Baum mit Brennesselbrühe und überlegen Sie, ob Sie möglicherweise einen Pflegefehler gemacht haben.

Diese Argumentation wird nicht alle Bonsai-Liebhaber überzeugen. Für sie ist noch soviel an Basisinformation wichtig:

- Bei Bonsais treten die gleichen Krankheiten auf wie bei großen Freilandbäumen, und sie werden mit den gleichen Mitteln behandelt.
- Wer chemische Präparate anwendet, sollte die vom Hersteller angegebene Konzentration einhalten.
- Vor dem Spritzen ist die Erde mit einer Kunststoffmanschette abzudecken, damit das versprühte Gift nicht an die Wurzeln gelangt.

Weder der dem biologischen Weg zugeneigte noch der auf synthetische Pflanzenschutzmittel schwörende Bonsai-Gärtner wird für jede Pflanzenkrankheit ein Rezept wissen. So wird es auch dem aufmerksamsten Bonsai-Freund nicht erspart bleiben, immer wieder einmal ein geschwächtes Bäumchen zu haben, das ihm Sorgen bereitet. Man sagt, in Japan gebe es noch 700jährige Bonsais. Ich bezweifle, ob diese Greise immer gesund waren. Sicher ist jedoch, daß sie niemals mit synthetischen Präparaten behandelt wurden, mochten sie auch noch so krank gewesen sein!

Kleine Stilbetrachtung

Die in den folgenden Kapiteln angestellten Überlegungen bilden die eigentliche Grundlage der Bonsai-Kunst. Als Baumgestalter obliegen uns zwei Aufgaben:

- Wir müssen den in der Natur stehenden Baum intensiv studieren.
- Wir müssen aus unseren Beobachtungen lernen und versuchen, die erworbenen Erkenntnisse auf unsere Bonsais zu übertragen und darüber hinaus deren Form noch zu verfeinern.

Bild 31. Diese Holzbirne sieht ihren großen Vorbildern, die auf der Wiese wachsen, verblüffend ähnlich. Foto DR. KRASSAI.

Vorbild Natur

Manchmal treffen wir in der Natur prachtvolle Baumgestalten, die man geradezu als Persönlichkeit bezeichnen könnte. Etwa eine alte Eiche, die mit ihren knorrigen Ästen schon manchen Sturm erlebt hat, eine betagte Linde, deren weitausladende Krone an heißen Sommertagen erholsamen Schatten spendet, oder eine Tanne mit weit herabreichender Krone, deren fast waagrecht abstehende Äste in Reifejahren viele Zapfen wie Kerzen so aufrecht tragen.

Nur einzeln stehende Bäume haben die Möglichkeit, ihre charakteristische Wuchsform so ausgeprägt zu entwickeln. Bei Baumgruppen und am Waldrand, erst recht aber im Bestand eines Waldes behindern sich die Bäume gegenseitig durch ihre Nähe, und es entstehen Wuchsformen, die kaum zu vergleichen sind mit denen der freistehenden Bäume. In der Gemeinschaft aber entfalten auch sie ihren Reiz. Eine Birkengruppe hat etwas Heiter-Beschwingtes an sich, ein Nadelwald wirkt eher ernst und erhaben.

Durch genaues Beobachten und Vergleichen der Wuchsformen in der Natur bekommen wir allmählich einen Blick für Jungpflanzen, die sich zum Solitär erziehen lassen, und für solche, die gut in eine Gruppe passen (Bild 31).

Wuchsformen

Im Wald lernt einer sein Leben lang nicht aus.

F. HOCKENJOS

Die folgenden Hinweise wollen helfen, den »Baumblick« des Bonsai-Anfängers zu schärfen. Ich beziehe mich dabei auf die in der japanischen Bonsai-Kunst be-

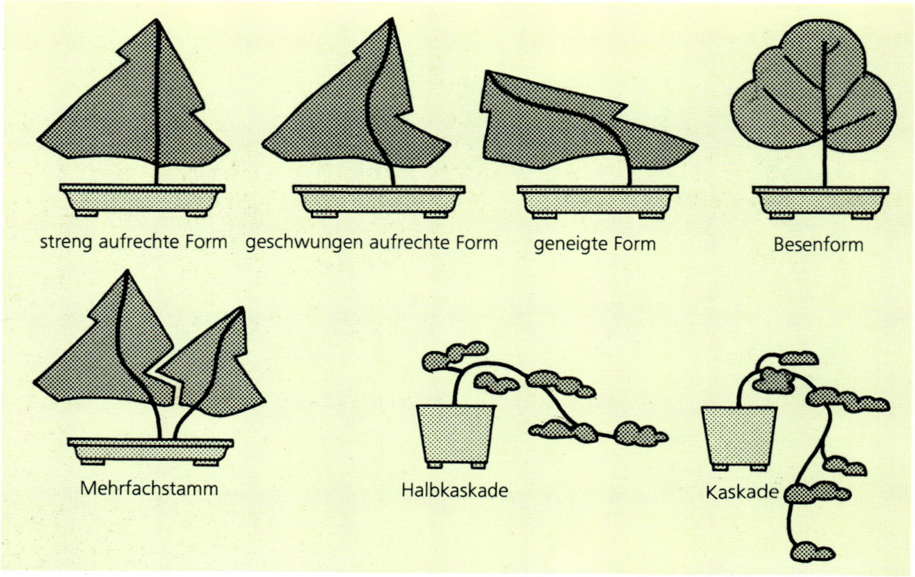

Bild 32. Die wichtigsten Wuchsformen, die der Anfänger kennenlernen muß.

schriebene Einteilung nach Wuchsformen (Bild 32). Schwieriger zu gestalten sind die windgepeitschte Form, die Literatenform sowie die mehrstämmigen Formen (mehrere Stämme aus einer Wurzel) und die Floßform, ebenso die Wald- und Felsenpflanzung.

Beschreibung der Wuchsformen

Mit den in Bild 32 schematisch dargestellten Baumformen sollte sich der im Gestalten noch Ungeübte zuerst befassen.

Streng aufrechte Form. Diese charakteristische Linienführung möchte ich lieber als geradstämmige Form (kurz: Geradstamm) bezeichnen. Der Stamm verläuft streng gerade bis zur Kronenspitze. Er bildet die dominierende Hauptachse, an der die Seitenäste entspringen (Bild 52). Der Bonsai-Gestalter achtet darauf, daß diese Struktur zu erkennen ist, indem er das völlige Zuwachsen des Stammes verhindert (Bild 40). Selbst im dichtesten Sommerkleid sollten Durchblicke auf

Bild 33. Purpurweide, etwa 15jährig, Besenform. »Weide am Bachrand« ist der erste Eindruck, den dieser Bonsai vermittelt. Die tiefblaue, sehr flache Schale schlägt die Gedankenbrücke zum Wasser. Foto Dr. Krassai.

Stamm und Äste möglich sein. Man wählt dazu Baumarten, deren Äste sich leicht nach unten oder waagrecht biegen lassen. Damit wird zugleich die Basis für einen etagenförmigen Aufbau geschaffen, der den Baum älter erscheinen läßt. Mit steil nach oben wachsenden Ästen und Zweigen sind diese für den Geradstamm wichtigen Forderungen nicht zu erfüllen.

Geschwungen aufrechte Form. Das vorher Gesagte gilt in gleichem Maße für die locker aufrechte (Bild 4) und die geneigte Form. Auch hier halte ich andere Bezeichnungen für treffender: krummstämmige Form (kurz: Krummstamm) und Schrägstamm.

Besenform. Im Gegensatz zur geradstämmigen Form besitzt die Besenform einen wesentlich kürzeren aufsteigenden Stamm (Bild 33). Er nimmt etwa ein Drittel der gesamten Baumhöhe ein und verzweigt sich dann besenförmig. Bei den Laubbäumen unterscheiden wir drei Besen-Grundtypen:

- Bäume mit einem einzigen Astgabelpunkt (Bild 31)
- Bäume mit gegabeltem Stamm
- Bäume mit anscheinend durchgehendem Stamm (Bild 2).

Diese Tatsache erschwert uns die Entscheidung, ob eine Baumart, die wir gefühlsmäßig dem Besentyp zuordnen möchten, nicht auch als gerad- oder krummstämmige Form geeignet wäre.

Ein mir immer wieder auffallendes Beispiel für die fließenden Übergänge der Wuchsformen bei ein und derselben Baumart ist der Weißdorn. Das im freien Feld meist nur buschförmig wachsende Gehölz kommt hier in der südlichen Rheinebene nicht selten als schöner Baum vor.

Halbkaskade. Die Halbkaskade (Bild 32) könnte man auch als fliehende, kriechende oder als geduckte Form bezeichnen. In der Natur finden wir sie im Gebirge, wo Wind und Wetter die Gehölze klein halten. Sie weisen keinen sauber geführten Stammverlauf auf, sondern passen sich durch buschige Verzweigung den ungünstigen Lebensbedingungen an. Unter ihrem breiten, dicht hingestreckten Mantel findet allerlei Getier Unterschlupf. Der Bonsai-Freund kann kaum Fehler begehen, wenn er solche Beobachtungen auf seine Bäumchen zu übertragen versucht.

Kaskade. Die Kaskade könnte man genausogut »hängende« oder »fallende« Form nennen. Gehölze, die in Felsklüften oder Mauerfugen wachsen, lassen deutlich den überhängenden Leittrieb erkennen (Bild 32).

Der sanfte Zwang zu solchen Formbetrachtungen versetzt den Bonsai-Liebhaber in eine Lage, die ihm nur angenehm sein kann: Er entwickelt sich nämlich nicht nur zum Bonsai-Kenner, sondern ganz allgemein zum Baumkenner. Die Beschäftigung mit Bonsai öffnet ihm Augen und Herz für die große Baumwelt, die er mit zunehmendem Verständnis betrachtet.

In der folgenden Tabelle sind die möglichen Stilformen für die in diesem Buch genannten Baumarten aufgeführt, soweit sie natürlich und nicht gekünstelt wirken.

Stilmöglichkeiten

Deutscher Name	Botanischer Name	Nadeln	Blätter	Mini	Als Bonsai geeignet für 				
Schnellwüchsige Gehölze									
Birke	*Betula*		+		○	○	○	○	
Feuerdorn	*Pyracantha coccinea*		+	○	○	○	○	○	
Hainbuche	*Carpinus betulus*		+		○	○	○	○	
Heckenkirsche	*Lonicera pileata*		+	○				○	
Japan. Zelkova	*Zelkova serrata*		+	○		○	○	○	
Purpurweide	*Salix purpurea nana*		+	○				○	
Weißdorn	*Crataegus monogyna*		+		○	○	○	○	
Wilder Wein	*Parthenocissus tricuspidata*		+					○	○
Winterjasmin	*Jasminum nudiflorum*		+	○	○	○	○	○	
Zwergmispel	*Cotoneaster microphyllus*		+	○	○	○	○		○
Mittelschnell wachsende Gehölze									
Ahorn (Arten)	*Acer*		+		○	○	○	○	
Berberitze	*Berberis verrucosa*		+	○	○	○	○	○	
Birne	*Pyrus communis*		+		○	○	○	○	
Fichte (Arten)	*Picea*	+			○		○		
Fingerkraut	*Potentilla fruticosa*		+	○	○	○	○	○	
Jap. Scheinquitte	*Chaenomeles japonica*		+		○	○	○	○	
Lärche	*Larix europaea*	+			○	○	○		
Rotbuche	*Fagus sylvatica*		+		○	○	○	○	
Schlehdorn	*Prunus spinosa*		+					○	
Sicheltanne	*Cryptomeria japonica*	+			○		○		
Stechpalme	*Ilex aquifolium*		+					○	
Zuckerhutfichte	*Picea glauca*	+		○		○			
Zypresse	*Chamaecyparis obtusa*	+			○	○	○	○	
Langsam wachsende Gehölze									
Buchs	*Buxus sempervirens*		+	○				○	
Chin. Wacholder	*Juniperus chinensis*	+		○	○	○			○
Eiche	*Quercus robur*		+		○	○	○	○	
Gem. Wacholder	*Juniperus communis*	+		○	○	○			○
Mädchenkiefer	*Pinus parviflora*	+		○	○	○	○		○
Sanddorn	*Hippophaë rhamnoides*		+				○	○	○
Waldkiefer	*Pinus sylvestris*	+			○	○	○		

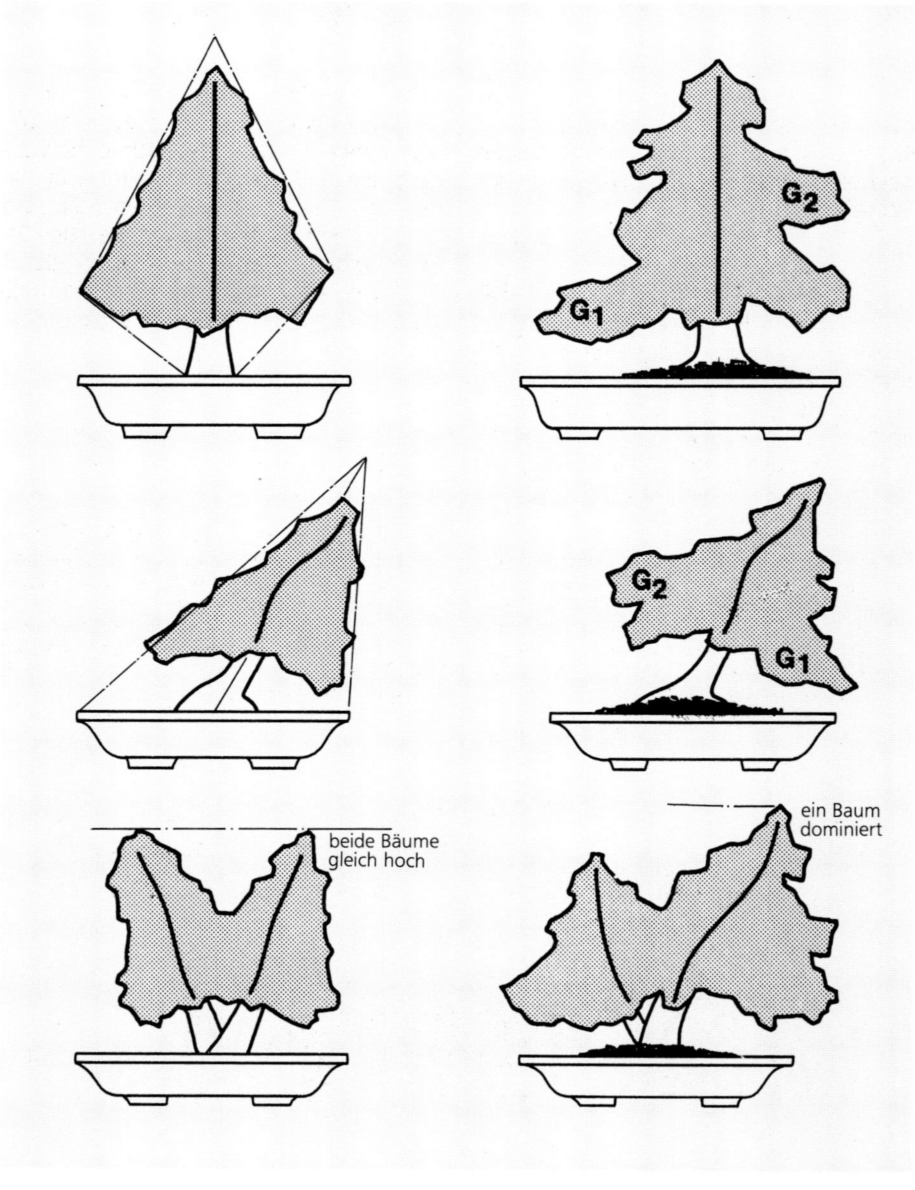
G_2
G_1
G_2
G_1
beide Bäume gleich hoch
ein Baum dominiert

Symmetrie

Du glaubst, in der Freiheit . . . werdest Du aufrecht emporwachsen wie ein Baum. Aber die Bäume, die ich am aufrechtesten wachsen sah, sind nicht solche, die in der Freiheit gedeihen.

SAINT-EXUPÉRY

In der Natur läßt sich gut beobachten, daß kein Baum wie der andere ist. Auch in sich selbst ist kaum ein Baum symmetrisch aufgebaut. Wir wollen dies als Anweisung verstehen, das asymmetrische Prinzip in die Bonsai-Gestaltung zu übernehmen. Einige Beispiele zeigt Bild 34.

Bild 34, links. Symmetrie. Den Baumgestalten links fehlt die nötige Spannung, weil sie zu symmetrisch aufgebaut sind. Die Baumformen rechts wirken interessanter, weil ihre Äste in verschiedenen Höhen entspringen und ungleich lang sind. Ein scheinbares Übergewicht auf einer Seite wird an anderer Stelle wieder ausgeglichen ($G_1 - G_2$).

Felsenbonsai

Im Gebirge kann man immer wieder skurrile, über Felsen und größere Steinbrokken hinwegwachsende Bäume bewundern, die in Klüften oder Spalten wurzeln und das Gestein umklammern. Sie sind uns Vorbild für den Felsenbonsai (Bild 1). Beim eigentlichen Felsenbonsai überwachsen die Wurzeln den Stein, weshalb ich dafür die Bezeichnung »Sattelbonsai« vorschlage.

Bild 35. Felsenbonsai. 1. Jahr: Sämling oder Steckling mit schöner Wurzelanlage auf Stein setzen, mit Erde hoch auffüllen. 2. Jahr: Erdkrume vorsichtig abheben (a), 3. Jahr: Weitere Erde wegnehmen (b). In flache Schale umtopfen. Bei älteren Pflanzen kann man die Wurzeln mit Hilfe einer Bastbandage an den Stein drücken. Bis der Bast verrottet ist, haben sich die Wurzeln der Steinform angeschmiegt.

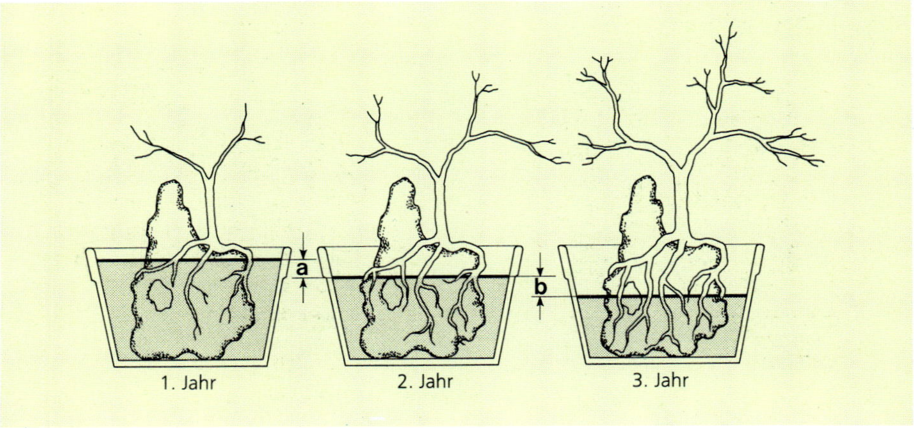

Die Erziehung zum Felsenbonsai ist ein Fall für Bonsai-Gärtner mit solider Erfahrung und soll hier nicht ausführlich behandelt werden. Doch den Anfänger braucht dies nicht zu hindern, sich früh genug an die vorbereitenden Arbeiten für die Felsenpflanzung zu wagen.
Felsen umgreifende Wurzeln wirken nur dann natürlich, wenn sie sich den Vertiefungen und Erhöhungen des Steines anschmiegen. Den Steinkonturen nachgehen kann aber nur die wachsende, noch nicht verholzte Wurzel. Für unseren Bonsai-Versuch bedeutet das: mit sehr jungen Pflanzen experimentieren. Bild 35 zeigt das Pflanzverfahren.
Der Felsbrocken steckt zunächst tief in der Erde, die Jungpflanze wurde an einer geeigneten Stelle daraufgesetzt. Im Laufe der folgenden 2–3 Jahre tragen wir nach und nach, am Wurzelhals beginnend, einzelne Erdschichten ab, bis Stein und Wurzeln weitgehend freigelegt sind. In der verbliebenen Erde entwickelt sich das Wurzelwerk weiter und stellt so die Ernährung sicher (Bild 53).
Vorsicht beim Umtopfen in eine flache Schale: Stein und Wurzelwerk dürfen nicht auseinandergerissen werden!
Auf ein Problem bei der Felsenbepflanzung sei noch hingewiesen. Bei der Beschaffung von »Felsen« wird man zerklüfteten Stücken den Vorzug geben, die man besonders leicht auf Juraböden findet. Doch manche Pflanzen mögen diesen kalkhaltigen Untergrund nicht. Mir selbst sind zweimal hintereinander einige Gehölze auf Kalkstein abgestorben. Ich half mir daraufhin folgendermaßen: Bevor ich ein Bäumchen aufsetzte, beschichtete ich den Stein mit gut haftender lehmiger Erde.

Gestaltungsmaßnahmen

Beim Betrachten eines Baumes stellen wir immer wieder fest: Nicht aus jedem Blickwinkel heraus gefällt er uns gleich gut. Das ist auch beim Topfbäumchen nicht anders. Bevor wir gestalterisch eingreifen, müssen wir zunächst das Vorne und Hinten festlegen, uns überlegen, welche Grundform zu unserem Bäumchen paßt und welche Schnitte nötig sind, um die gewünschte Form zu erhalten.

Vorderseite – Rückseite

Wir versuchen nun, die Vorderseite, das »Gesicht«, also das prägende Gerüst eines Bäumchens herauszufinden. Das ist oft nicht leicht. Bäte man drei Bonsai-Freunde darum, die Vorderseite eines Baumes zu bestimmen, so würde es wohl drei verschiedene Meinungen geben.

Doch gerade dies ist das Schöne an Bonsai, daß jeder die Form an seinem Bäumchen kultivieren darf, die ihm am besten gefällt und die ihm am meisten ausgewogen erscheint. Wie dem auch sei, eine Entscheidung muß in jedem Fall getroffen werden. Erst dann ist eine Gestaltung überhaupt möglich. Vorsichtshalber kann man die Vorderseite an der Schale mit Bleistift markieren, damit man sie beim nächsten Mal wiedererkennt.

Am leichtesten finden wir sie beim Krumm- und Doppelstamm sowie bei den fliehenden und hängenden Stämmen, weil man bei diesen Formen meist auf zwei Betrachtungsmöglichkeiten eingeengt ist. Der Krummstamm muß seine Windungen zeigen, bei Zwillingsbäumen sollten beide Stämme von vorn zu erkennen sein. Für die Kaskadenform ist der Stammbogen oder Stammknick charakteristisch.

Geradstamm und Fächerform verlangen dagegen mehr künstlerisches Formengefühl, da sie zahlreiche Ansichten bieten.

Die Vorderseite soll durch ein mit Bedacht aufgelockertes Gezweig an mehreren Stellen den Blick auf das Stämmchen freigeben. Dadurch läßt sich die Grundform gut erkennen (Bilder 2, 40).

Die Rückseite soll einen begrenzenden und kontrastierenden Hintergrund mit entsprechender Tiefenwirkung bilden.

Eine Grundform finden

Anhand einer Skizzenfolge (Bild 36) versuchen wir, die Grundform eines Jungbäumchens herauszuarbeiten. Skizze a geht auf das Foto eines Weißdorns zurück, den ein belgischer Bonsai-Freund ausgrub und seit drei Jahren pflegt. Wenn ich nun beschreibe, wie *ich* vorgehen würde, will ich damit sagen: Es ist leicht möglich, daß Sie, lieber Leser, andere Formungsmöglichkeiten sehen. Und warum sollten sie nicht besser sein als meine Vorschläge?

Ich selbst würde so vorgehen, wie es die Skizzenfolge zeigt.

Mit Skizze e bin ich bei einer Gestalt angelangt, die mir ausgewogener erscheint als die von Skizze a. Da natürlich erst die kommenden Jahre erweisen, was das Bäumchen selbst »vorhat«, kann man noch nicht endgültig sagen, ob eine Besenform daraus wird oder ein Krummstamm (Stammverlauf 2 – 4 – 6) oder gar ein Zwillingsstamm. Ein Bonsai ist schnell unrettbar verschnitten. Es lohnt sich daher die Mühe, alle sich anbietenden Formungsmöglichkeiten durchzuspielen.

Wollte ich weitere Möglichkeiten der Gestaltung ins Auge fassen, käme ich um eine starke Drahtformung wohl nicht herum. Da mir jedoch die Modelle e und f als wenig aufwendige und durchaus brauchbare Lösungen erscheinen, entscheide ich mich für eine dieser beiden.

Hoffentlich reißt jetzt Ihr Geduldsfaden nicht, lieber Leser, denn, gehörte der Weißdorn mir, würde ich zögern, die vorausgegangenen Überlegungen unverzüglich in die Tat umzusetzen. Scheren sind kompromißlos trennende Werkzeuge! Gönnen Sie mir bitte noch eine Nacht Schlaf, bevor ich mich an den endgültigen Schnitt wage!

Wer sich jedoch von meinen Ausführun-

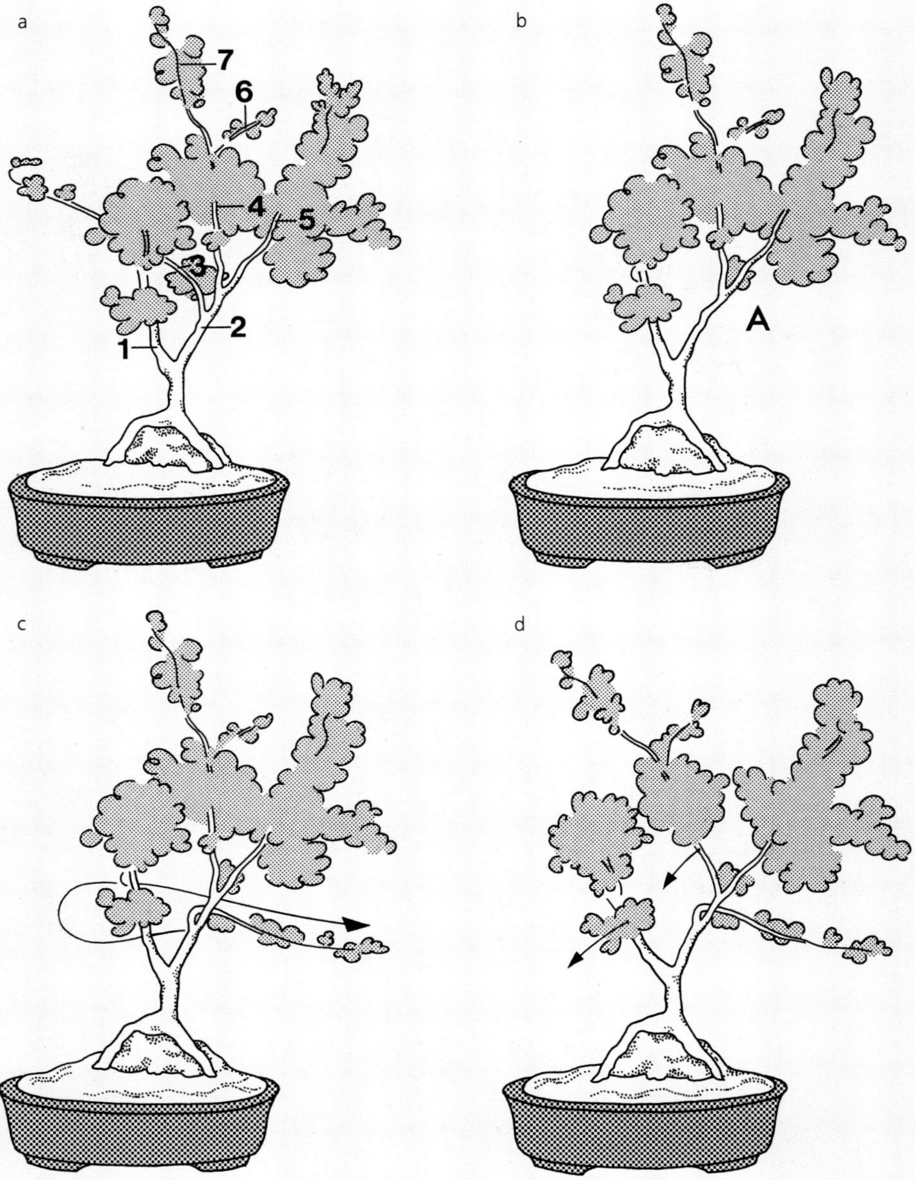
a
7
6
4
5
3
2
1
b
A
c
d

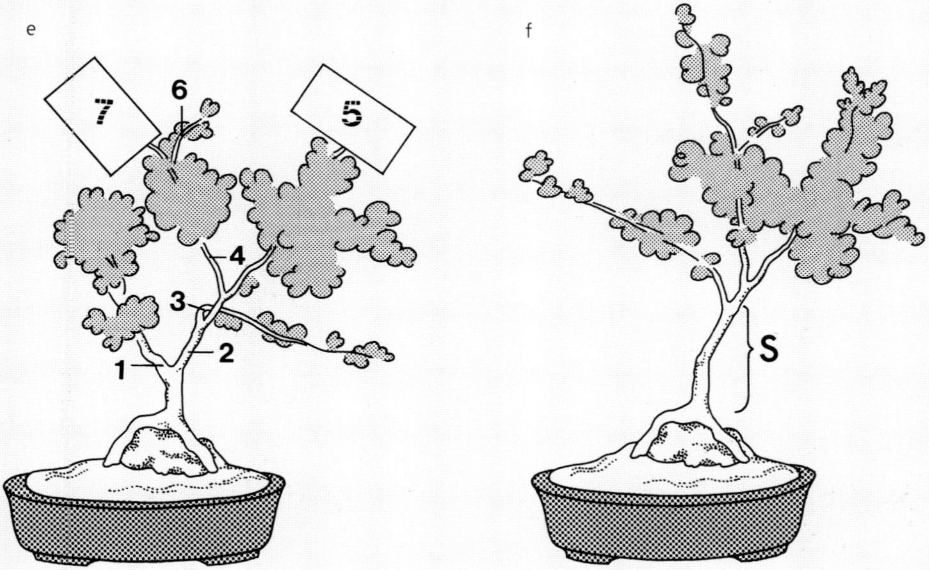

Bild 36. Grundform an jungem Bäumchen herausarbeiten. **a** Zunächst stört mich Ast 3, der nach links hinten wegläuft und dabei Ast 1 kreuzt. Was tun? **b** Stelle ich mir das Bäumchen ohne diesen Ast vor, empfinde ich den Bereich A noch nackter als in Skizze a. Wie wäre diesem Mangel abzuhelfen? **c** Ich biege den noch dünnen Ast 3 hinten herum nach rechts, zugunsten der »nackten« Stelle. Aber nun ist auf der rechten Baumseite ein Übergewicht entstanden. Dafür suche ich einen Ausgleich. **d** Drücke ich die Äste 1 und 4 nach links und kürze 3 etwas ein, ergibt sich ein besseres Bild. Das insgesamt mager erscheinende Bäumchen könnte etwas gedrungener wirken, würden die sehr langen Äste 5 und 7 zurückgeschnitten. **e** Mit Papierstreifen decke ich die Endtriebe 5 und 7 ab, um zu sehen, welchen Effekt ein Schnitt an diesen Stellen erzielt. **f** Nun prüfe ich noch, wie das Bäumchen ohne Ast 1 aussehen würde. Das Ergebnis wäre eine typische Besenform mit einer etwas zu langen Stammpartie S. Diesen Schönheitsfehler würde das Kronenwachstum aber bald verschwinden lassen.

gen nicht beeinflussen lassen will, könnte nun folgendes tun: Er nehme transparentes Papier, etwa Butterbrotpapier, lege es auf Skizze a und umfahre den Umriß. Sollten Sie im Zeichnen ungeübt sein, können Sie Äste und Zweige als dicke Striche darstellen und die Blätter zu Ringellinien vereinfachen. Für jede Ihnen vernünftig erscheinende Veränderung zeichnen Sie ein neues Bild. Zum Schluß bleiben nicht mehr als 2–3 brauchbare Studien übrig. Diese legen Sie zum Vergleich nebeneinander: Es wird Ihnen nicht schwerfallen, Ihr »letztes Wort« zu sprechen.

Gestaltung durch Schnitt

Die Schere ist das wichtigste Werkzeug des Bonsai-Gärtners. Sie kann aber auch verheerende Wirkung haben, wenn man sie nicht mit größter Zurückhaltung einsetzt. Bevor wir sie zur Hand nehmen, sollten wir uns deshalb klarmachen, wie Bäume und Sträucher wachsen.

Wie ein Baum wächst. In Bild 37 wird versucht, das Gesetz des Baumwachstums vereinfacht darzustellen. Vereinfacht deshalb, weil ein Baum nach einem weit komplexeren Plan wächst, als es sich auf einem Blatt Papier zeigen läßt. Zudem gibt es je nach Art und Sorte die verschiedensten Wuchsformen. Manche Laubbäume entwickeln in jungen Jahren oben stärkere Triebe, während die unteren, die nicht den vollen Lichtgenuß haben, schwach bleiben und absterben. So entsteht bei ausgeprägtem Längenwachstum schließlich ein Hochstamm.

Das Höhenwachstum und die Längenzunahme der Zweige gehen in erster Linie auf den Neuaustrieb im Frühjahr (Maitriebe) zurück. Nur grüne Triebe zeigen ein Längenwachstum, verholzte nicht mehr. Die verholzten Teile eines Baumes sind

Bild 37. Durch Wegschneiden der Triebspitze unterbindet man das Höhenwachstum und fördert die Verzweigung.

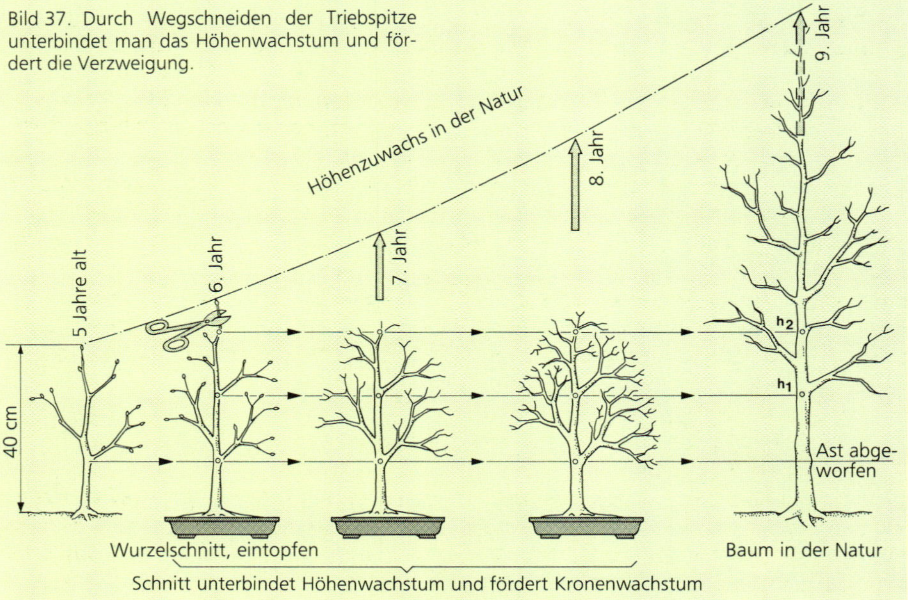

durch das teilungsfähige Gewebe, das den Holzkörper umgibt, aber zum Dikkenwachstum fähig.
Bild 37 zeigt, daß der dargestellte Baum nur durch Weiterwachsen an der Spitze höher wird (senkrechte Pfeile). Die Knospen des vorjährigen Endtriebs schlagen im Frühjahr aus, und der kräftigste Trieb übernimmt die Führung; er wird zum Leittrieb. Häufig wird auch nur eine Knospe angelegt. Die verholzten Teile darunter aus den Vorjahren werden nicht mehr länger. Ihre Seitenzweige bleiben daher auf gleicher Höhe (h_1 und h_2), doch nehmen sie wie der Stamm durch Dickenwachstum an Umfang zu. Das ist zu berücksichtigen.
Die drei in Schalen stehenden Bäumchen sollen verdeutlichen, wie man die Kenntnis über das Baumwachstum bei der Erziehung zum Bonsai berücksichtigen kann.
Als Ausgangspflanze diene ein etwa 5jähriges, 40 cm hohes Bäumchen. Wir lassen es nach dem Ausgraben noch 1 Jahr unbehelligt im Gartenbeet und topfen es dann ein. Den Spitzentrieb des 6. Jahres schneiden wir an der Basis ab. Dadurch unterbinden wir das Spitzenwachstum, fördern aber den Austrieb der nächstgelegenen schlafenden Knospen. Der Saftstrom kommt nun den Seitentrieben zugute. Damit haben wir den ersten Ansatz zur Kronenbildung eingeleitet.
Schon nach 2 Jahren können wir das jetzt dicht verzweigte Bäumchen als Bonsai bezeichnen. Ohne Schnitt wäre es in dieser Zeit zwei- bis dreimal so hoch geworden und würde noch jahrelang brauchen, bis sich eine dichte, gut geformte Krone gebildet hätte.

Aus diesen Überlegungen ergeben sich drei wichtige Folgerungen:

- Mit der Entfernung des Spitzentriebs wird das Höhenwachstum gestoppt.
- Bei verholzten Teilen eines Bäumchens ist kein Längenwachstum zu erwarten.
- Ist die gewünschte Bonsai-Gestalt erreicht, kann man sie etwa erhalten, wenn man regelmäßig stutzt, was den Sommer über austreibt.

Schnitt an Ästen, Zweigen, Trieben, Blättern

Der Kindervers von Eugen Roth

Zu fällen einen schönen Baum,
braucht's eine halbe Stunde kaum,
zu wachsen, bis man ihn bewundert,
braucht er, bedenk es, ein Jahrhundert!

könnte, auf den Umgang mit der Bonsai-Schere sehr frei übertragen, lauten:

Eine Sekunde dauert's kaum,
und ab ist schon der Ast vom Baum.
Doch wartest Du auch hundert Jahr,
es wächst kein neuer, wo *er* war (Bild 38).

Äste

Äste beschneiden oder gar abschneiden heißt, in die Grundform eines Baumes eingreifen. Oft ist dies ein so endgültiger Vorgang, daß man obigen Reim nicht ernst genug nehmen kann.

Bild 38, links. Schlehe. Der Gesamtform hätte ein weiterer Ast auf der linken Seite gut getan. Der abgestorbene Aststumpf zeigt, daß es nicht von uns allein abhängt, was aus einem Baum wird. Es gehört aber zur Bonsai-Kunst, diesen Eingriff der Natur als Wegweiser für eine andere Richtung zu verstehen. Foto Dr. Krassai.

Bild 39. Schneiden in der Krone. **1** Unschöner Trieb, der in die Krone hineinwächst. **2** Ast kreuzt Stamm, durch Schnitt wird der Stammverlauf klarer. **3** Zwei Äste entspringen an derselben Stelle. **4** Wipfel braucht Licht. **5** Ast steht einem anderen zu symmetrisch gegenüber. **6** Wilder Trieb, der die Gesamtform verderben würde.

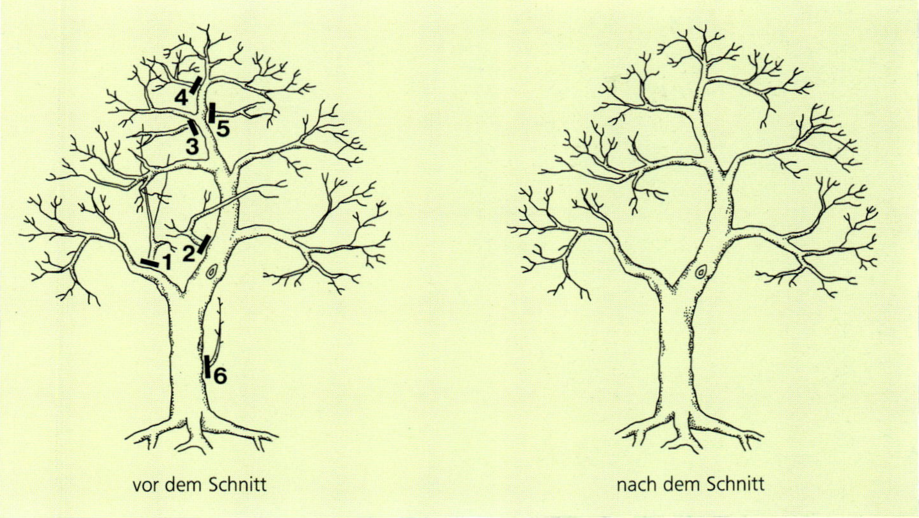

Müssen dagegen zur Gestaltung der Krone dünnere Zweige ausgeschnitten werden, macht sich das kaum bemerkbar, weil die Grundform des Baumes unverändert bleibt. Trotzdem sollte man sich auch hier fragen, ob das Ziel nicht mit einer anderen Gestaltungsmethode zu erreichen sei.

Der Triebschnitt aber gehört zum täglichen Brot des Bonsai-Gärtners, weil die Triebe den ganzen Sommer über, je nach Baumart mehr oder weniger stark wachsen. Wir müssen sie laufend entfernen, wenn unser Bäumchen gepflegt und nicht struppig aussehen soll.

In Bild 39 wird gezeigt, warum an den numerierten Stellen ein Ast- oder Zweigschnitt erforderlich ist.

Nach dem Schneiden muß das Bäumchen, auf das Wichtigste reduziert, seine charakteristische Form zeigen, die auch im belaubten Zustand zu erkennen sein sollte (Bild 40). Hier unerschütterlich zu wissen, was richtig ist, erscheint mir aber um so schwieriger, je mehr ich mich mit Bonsai beschäftige und je genauer ich die für den Winter sich rüstenden Bäume in der Natur betrachte. Schon auch deshalb sollten wir nicht gleich mit alten, wertvollen Bonsais beginnen.

Bild 40. Hainbuche, ausgegraben, mit ausgewogener Krone. Ihre charakteristische Form ist auch im belaubten Zustand (unten) gut erkennbar. Foto P. NOTTER.

Zweige

Zweige und Triebe schneidet man grundsätzlich knapp über einer Knospe ab. Die dicht unter der Schnittfläche befindliche Knospe entscheidet durch ihre Lage, in welche Richtung der daraus hervorbrechende Trieb wachsen wird (Bild 41).

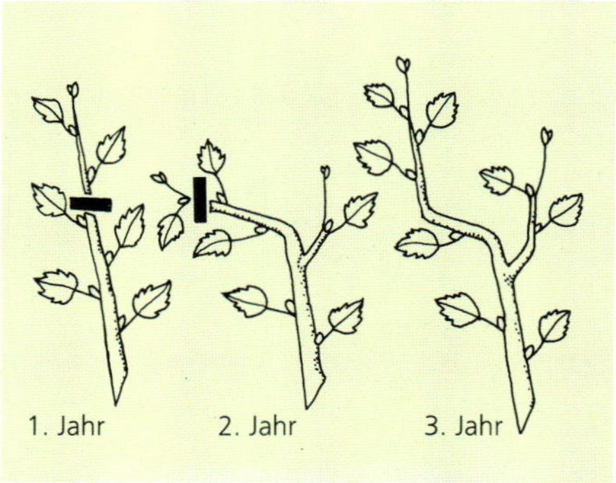

Bild 41. Der Schnitt beeinflußt die Wuchsrichtung der Zweige (grob schematisch).

Mit dem Rückschnitt von Zweigen und Trieben regt man das Bäumchen in der Regel zu dichterem, buschigem Wachstum an. Bild 42 zeigt, wie ein etwas verwilderter Busch mit Schere und Draht ein Bonsai-Grundgerüst erhält. Er muß dafür fast zwei Drittel seiner Zweige und Blätter hergeben! Die 2jährige, 28 cm hohe

Bild 42. Myrte. Oben: buschige Ausgangsform. Mitte: nach dem Grundschnitt. Unten: erste Formgebung durch Drahtung. Foto MÜHLBAUER.

Jungpflanze ist eine Myrte *(Myrtus communis)* aus der Gärtnerei. Sie kann im mediterranen Klima zu einem bis 4 m hohen Strauch heranwachsen. Der wohlriechende, immergrüne *Myrtus* ist nicht winterhart und muß deshalb im Haus überwintern. Sorgsame Pflege belohnt er mit kleinen, weißen Blütchen.

Übungspflanzen. Eine Möglichkeit, wirkungsvoll zu lernen, ohne dabei unsere Bonsai-Sprößlinge zu schädigen, bietet sich im Garten. Auch im nahegelegenen Wald und sogar im Balkontrog finden wir geeignete Objekte zum Üben. Sind wir uns über die Auswirkung eines Eingriffs nicht sicher, probieren wir ihn an einem Baum oder Strauch in der freien Natur aus. Dort ist es nicht schwierig, Formen zu finden, die sich für verschiedene Übungen eignen: Zweig- und Blattschnitt, Ausbrechen von Neutrieben, Gestaltungsstudien mit Schnur und Draht. Hier können wir risikolos Erkenntnisse außerhalb der Bonsai-Schale sammeln. Weil es dabei fast nur um Details geht, sind solche Übungen harmlos und ohne Nachteil für Baum und Strauch.

Triebe

Laubbäume. Manche Laubhölzer bilden im Frühjahr und Sommer so viele Triebe, daß es dem Anfänger angst und bange werden könnte. Doch keine Hemmun-

Bild 43. Um einen fertigen Bonsai in Form zu halten, muß der gesamte Neuaustrieb zurückgeschnitten werden.

gen: Sie dürfen die weichen Jungtriebe herzhaft abschneiden oder mit den Fingernägeln abknipsen! Das Einkürzen, das natürlich immer von der Vorstellung eines schön geformten künftigen Bonsais diktiert sein muß, bewirkt, daß unser Bäumchen gedrungen bleibt und seine Wuchsenergie anderen Stellen zuführt. Dann treiben neue, noch schlafende Knospen aus (Bild 43).

Ab Mitte August sollte man keine Triebe mehr schneiden, denn später austreibende Zweige verholzen nicht mehr vor Wintereinbruch und müßten erfrieren.

Ein auffälliges Beispiel dafür, wie weit man mit dem Schneiden gehen kann, ist die Weide *(Salix alba)*. Man findet sie häufig an Bachufern und in feuchten Niederungen. Diese Weiden werden in jedem Herbst auf eine beim ersten Schnitt festgelegte Höhe, den Kopf, zurückgestutzt. Im Frühjahr treiben sie mit unbändiger Lebenskraft aus und stehen im Juli mit einer Rutenpracht da, als hätte es den Herbst zuvor nicht gegeben.

Natürlich sind nicht alle Baumarten so robust wie die Weide, doch zeigt dieses Beispiel, wie sehr auch Bäume um ihr Überleben kämpfen. Wo ein kräftig austreibender Bonsai einen Rückschnitt verlangt, können wir daher guten Gewissens die Schere walten lassen.

Nadelgehölze. Wenn das Frühjahrswachstum einsetzt, bilden sich bei Kiefern zunächst die »Kerzen«, bei Fichten lindgrüne Büschel aus dicht zusammenstehenden, weichen Mainadeln; beim Gemeinen Wacholder könnte man von quirlförmigen Nadelhütchen sprechen, wogegen der Chinesische Wacholder aus derselben Familie flache, geschuppte, bäumchenartige Gebilde austreibt. Bevor sich die Zweige strecken, drehen oder brechen wir sie mit zwei Fingern der einen Hand ab, während die andere Hand den unteren Teil des Triebes festhält.

Am Beispiel der Mädchenkiefer sei gezeigt, wie durch Ausbrechen das Zweigwachstum beeinflußt wird (Bild 44). Hat ein Zweig bereits die beabsichtigte Form und Länge, so brechen wir die Kerzen ganz aus. Um den Zweig bei dieser Totaloperation etwas zu schonen, brechen wir die Kerzen einzeln aus und warten jeweils mehrere Tage bis zum Abdrehen der nächsten. Entfernt man eine Kerze nur teilweise, dann bleibt der Längenzuwachs des Zweiges entsprechend zurück.

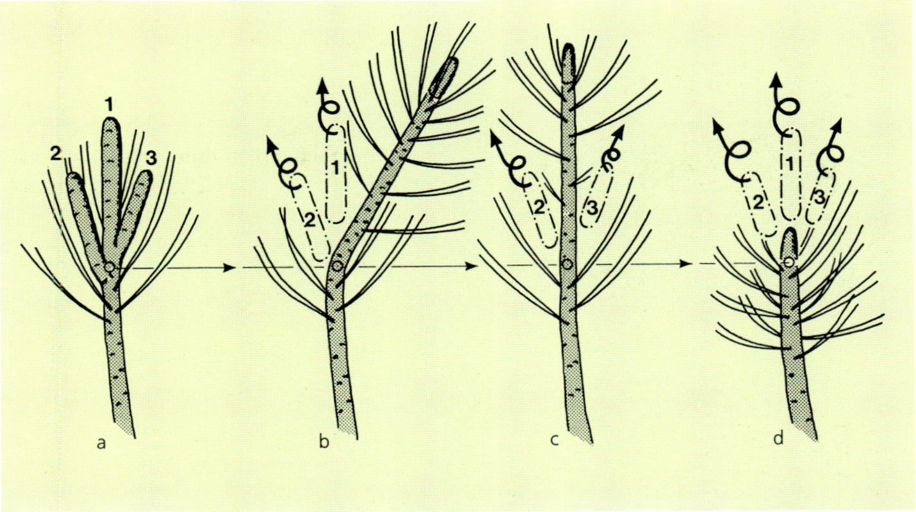

Bild 44. Kiefernzweig. **a** Der Zweig hat bis Juni 3 Kerzen angesetzt. **b** Kerzen 1 und 2 ausgebrochen: neuer Zweigverlauf geknickt. **c** Kerzen 2 und 3 ausgebrochen: Zweig wächst gerade weiter. **d** Alle Kerzen ausgebrochen: Zweig wird nicht länger.

An den Nadeln selbst schneiden wir grundsätzlich nicht herum, weil dadurch nur unansehnliche, verbraunende Schnittstellen entstehen.

Blätter

Bei Laubhölzern ist der Blattschnitt eine der vielen möglichen Maßnahmen zum Bonsai-Gestalten. Dieser Methode sollten wir uns aber mit größter Zurückhaltung bedienen. Wenn man die ausgereiften Blätter zwischen Juni und Juli abschneidet, treibt der Baum innerhalb eines Monats neue und kleinere Blätter aus.

Ein Blatt schneidet man dann ab, wenn es wegen seiner übermäßigen Größe dem Gesamteindruck abträglich ist. Ein mit sonst akzeptablem Blattkleid ausgestatteter Baum wird aber nur selten einmal störend große Blätter bilden. Man kann das beobachten, wenn aus einem schon älteren Bäumchen plötzlich ein starker Trieb hervorbricht; gegen die Entfernung seiner wenigen Blätter ist nichts einzuwenden.

Der wahrscheinlich häufigste nach Blattschnitt rufende Fall liegt dann vor, wenn eine Pflanze ihrem ganzen Typus nach zwar ein schönes Topfbäumchen werden könnte, aber rundum zu große Blätter besitzt. Einen solchen Baum müßten wir seiner ganzen Blätterpracht berauben, um die gewünschten kleineren Blätter zu er-

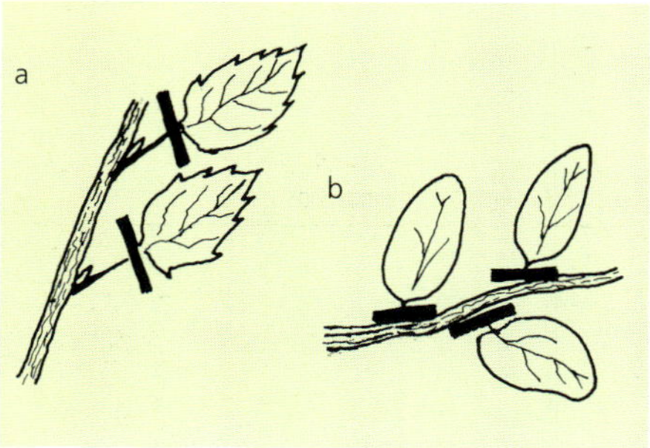

Bild 45. Blattschnitt bei langstieligen **(a)** und kurzstieligen **(b)** Blättern.

halten. Aber leider hat dieser Eingriff gleich zwei Haken: Zum einen kostet der so erzwungene Neuaustrieb das Bäumchen viel Kraft, es wird geschwächt und damit anfällig für Krankheiten. Zum anderen weiß die Pflanze im folgenden Jahr nichts mehr vom letztjährigen Eingriff und bildet ihre normal großen Blätter aus. Bei großblättrigen Bäumchen muß der Blattschnitt daher jedes Frühjahr durchgeführt werden. Bild 45 zeigt, wie kurz- und langstielige Blätter abzuschneiden sind.

Drahten und andere Formungsmethoden

Pflanzen mit Draht in eine bestimmte Form zu bringen, mutet uns Europäer reichlich eigenartig an. Auch in Japan ist die Drahtmethode noch nicht sehr alt, aber heute gehört sie zum festen Repertoire der Bonsai-Gestaltung. Das Prinzip: Stämme, Äste und Zweige werden mit Draht wendelförmig umschlungen und dann so gebogen oder gedreht, wie es der Vorstellung des Gestalters entspricht. Zweige ab 5 mm Durchmesser müssen mindestens ein halbes Jahr gedrahtet sein, wenn sie auch nach dem Entdrahten in der gewünschten Lage bleiben sollen.

Die auf Seite 75 genannten Pflanzen kann man ab März den ganzen Sommer über drahten.

Drahtsorte. Soweit ich selbst drahte, verwende ich den im Bonsai-Handel erhältlichen eloxierten Aluminiumdraht in den Dicken 1, 2 und 3 mm. Er ist biegsam und läßt sich auch von wenig geübten Fingern gut wickeln. Da er sehr weich ist und nicht federt, kann man am Bäumchen keinen Schaden anrichten.

Drahtstärke. Beim Drahten (mit Aluminiumdraht) ist folgendes zu beachten: Drahtstärke und Zweigdurchmesser müssen in einem vernünftigen Verhältnis zueinander stehen. Nach meiner Erfahrung wird bei elastischen Hölzern ein ausreichender Spanneffekt noch erzielt, wenn der Zweig etwa viermal so dick ist wie der Draht. Bei über 4 mm dicken Zweigen übt der 1-mm-Draht also keinen ausreichenden Zwang mehr aus. Harte und spröde Hölzer, die sich schlecht biegen oder drehen lassen (z. B. Buche), widersetzen sich der Drahtung unter Umständen so stark, daß Aluminiumdraht hier völlig ungeeignet ist.

In solchen Fällen sind Kupfer- und Eisendraht wirkungsvoller: Kupferdraht ist doppelt, Eisendraht dreimal so steif wie

Geeignete Pflanzen zum Drahten

Deutscher Name	Botanischer Name	Draht-formung[1,2]	Verträgt Schnitt	Standort
Schnellwüchsige Gehölze				
Birke	*Betula*	☆☆	☆☆	◑–○
Feuerdorn	*Pyracantha coccinea*	☆☆	☆☆	◑–○
Hainbuche	*Carpinus betulus*	☆	☆☆	◑–○
Heckenkirsche	*Lonicera pileata*	☆	☆☆	◑–○
Japan. Zelkova	*Zelkova serrata*	☆☆	☆☆	○
Jasmin	*Jasminum nudiflorum*	–	☆☆	◑
Purpurweide	*Salix purpurea nana*	☆☆	☆☆	○
Weißdorn	*Crataegus monogyna*	☆☆	☆☆	○
Wilder Wein	*Parthenocissus tricuspidata*	☆	☆☆	○
Zwergmispel	*Cotoneaster microphyllus*	☆☆	☆☆	○
Mittelschnell wachsende Gehölze				
Ahorn (Arten)	*Acer*	☆	☆☆	◑
Berberitze	*Berberis verrucosa*	☆	☆	○
Birne	*Pyrus communis*	☆	☆	○
Fichte (Arten)	*Picea*	☆☆	☆☆	○
Fingerkraut	*Potentilla fruticosa*	☆	☆☆	○
Jap. Scheinquitte	*Chaenomeles japonica*	☆	☆☆	○
Lärche	*Larix europaea*	☆☆	☆☆	○
Rotbuche	*Fagus sylvatica*	☆	☆☆	◑
Schlehdorn	*Prunus spinosa*	☆☆	☆☆	○
Sicheltanne	*Cryptomeria japonica*	☆☆	☆☆	◑
Stechpalme	*Ilex aquifolium*	☆	☆☆	◑
Zuckerhutfichte	*Picea glauca*	☆☆	☆☆	○
Zypresse	*Chamaecyparis obtusa*	☆☆	☆☆	◑–○
Langsam wachsende Gehölze				
Buchs	*Buxus sempervirens*	☆	☆☆	◑
Chin. Wacholder	*Juniperus chinensis*	☆☆	☆☆	○
Eiche	*Quercus robur*	☆	☆	◑–○
Gem. Wacholder	*Juniperus communis*	☆☆	☆☆	○
Mädchenkiefer	*Pinus parviflora*	☆☆	☆☆	◑–○
Sanddorn	*Hippophaë rhamnoides*	☆	☆	○
Waldkiefer	*Pinus sylvestris*	☆☆	☆☆	○

[1]) Bei den Angaben für das Drahten wurde von einer eng anzulegenden Wicklung ausgegangen
[2]) Durch Schnurzüge lassen sich alle Pflanzen formen

Erklärung der Symbole:
☆☆ = gut möglich
☆ = bedingt möglich; schlecht
– = nicht möglich
○ = Sonne
◑ = Halbschatten

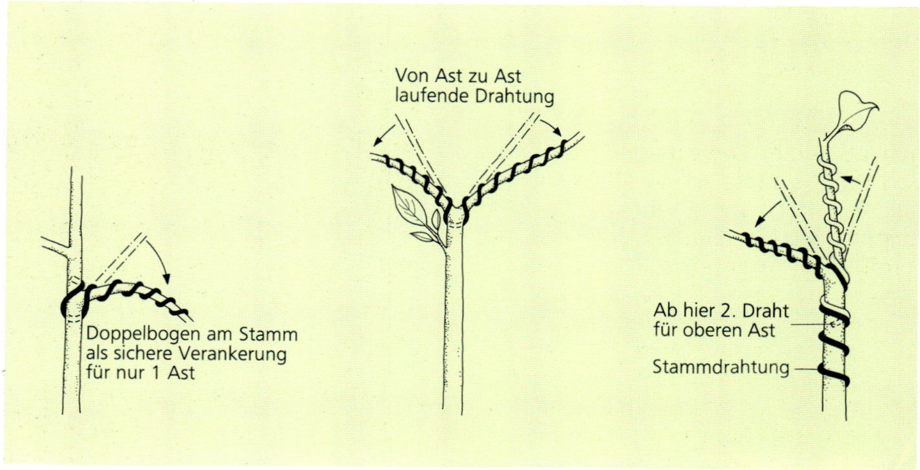

Bild 46. Wickelübungen mit Draht an Ästen und Zweigen aus dem Garten.

Bild 47. Zum Richten dünner, biegsamer Stämmchen, Äste und Zweige legt man sehr locker gedrehte Wendeln an.

Aluminiumdraht. Japanische Bonsai-Gärtner bevorzugen daher gerne den unbequemen Eisendraht, wenn sie stärkere Gestaltänderungen vornehmen wollen. Wer sich je einmal der Mühe unterziehen muß, ein solches, womöglich schon halb eingewachsenes Eisen-Korsett zu entfernen, dem wird klar, daß das Anlegen ein beachtliches handwerkliches Geschick erfordert.

Der Abstand von einer Drahtwindung zur anderen hängt von der Zweigdicke und damit ebenfalls wieder vom Drahtdurchmesser ab. Sofern keine Knospen und Zweige im Wege stehen, dürfte man mit einem Steigungswinkel von 35–40° die beste Spannwirkung erreichen. Dieser Winkel entspricht einem Windungsabstand von etwa 10mal Drahtdurchmesser.

Draht anlegen. Damit kräftigere Baumteile innerhalb der Wendel keinen Bewegungsspielraum haben, muß man den

Draht stramm anlegen. Die Spannwirkung ist am besten, wenn die erste an der Astbasis ankommende Windung über den Ast geführt wird (Bild 46).
Bei dünnen, leicht abbrechenden Zweigen bis 3 mm Durchmesser kann man den Draht als lose Wendelhülle anlegen (Bild 47). Der 1-mm-Draht erzeugt dann nur punktweisen Druck. Langwellig geformt, dient er als erste Richtungsorientierung. Bei der noch jungen Myrte (Bild 42) war zum Beispiel eine solche schonende Gestaltung erforderlich.
Der Bonsai-Freund lernt im Laufe der Zeit, welche Gehölze weich und biegsam und welche spröde sind und leicht abbrechen. Er weiß dann, wie weit er beim Biegen gehen darf. Je spröder die Pflanzen sind, desto langsamer muß er beim Gestalten vorgehen und seine Maßnahmen auf mehrere Schritte verteilen. Besonders Äste reißen an der Basis leicht ein.
Weiche, elastische Gehölze: Wacholder, Fichte, Kiefer, Mispel. Harte, wenig biegsame Gehölze: Ahorn, Buche, Buchs, Heckenkirsche.

Wickelversuche. Um mich mit dem ungewohnten Drahten anzufreunden, machte ich zahlreiche Wickel-Versuche mit Ästen und Zweigen aus dem Garten (Bild 46). Zu dieser lehrreichen Übung möchte ich jeden Bonsai-Anfänger ermuntern, weil sie ihm ein sicheres Gefühl dafür vermittelt, wann aus dem Biegen ein Knicken wird.

Wann drahten? Bäumchen, die gerade eine andere, kraftkostende Maßnahme hinter sich haben (Umtopfen, Ausgraben in der freien Natur usw.), dürfen nicht gleich gedrahtet werden. Sie sollen sich zunächst erholen. Erst wenn sie neues

Bild 48. Chinesischer Wacholder. Der ursprünglich gerade Stamm erhielt seine Windungen durch ein Drahtkorsett. Die steil hochstrebenden Äste werden mit Bast herabgezogen. Foto MÜHLBAUER.

Wachstum zeigen, sind sie bereit zum Drahten. Umgekehrt sollte man frisch gedrahtete Bonsais nicht umtopfen.

Entdrahten. Benutzt man den Draht nur vorübergehend zum Formen, muß man ihn so rechtzeitig entfernen, daß er das Dickenwachstum nicht beeinträchtigt. Versäumt man den richtigen Zeitpunkt, so wird der Draht vom pflanzlichen Gewebe umwallt, er wächst ein und kann ohne Schaden für die Pflanze nicht mehr abgewickelt werden.
Manche Bonsai-Gestalter lassen den Draht absichtlich einwachsen. Die dadurch entstehenden Rillen und Wülste sollen dem Bäumchen ein altes, ehrwürdiges Aussehen verleihen. Ich selbst halte diese Methode nicht für bonsaiwürdig.

Schnurmethode. Da mir das Drahten nicht geheuer war, versuchte ich zunächst mit der Schnurmethode Formänderungen herbeizuführen. Zu steil aufragende Äste zog ich mit Schnüren nach unten (Bild 48). Diese werden unter dem erhabenen Topfrand in einen horizontalen Drahtring eingehängt. Ein solches Gebilde sieht allerdings nicht gerade repräsentativ aus. Die präzisen Gestaltungsmöglichkeiten des Drahtens sind jedoch mit Schnüren nicht zu verwirklichen, weil sie nur in eine Richtung ziehen. Man könnte einen Zweig also nicht gleichzeitig in die Waagrechte ziehen und nach hinten biegen.

Sonstige Formungshilfen. Sehr nützlich sind manchmal Haken, Ösen und Klammern aus Aluminiumdraht, die man leicht selbst herstellen kann. Sollen zum Beispiel zwei dicht übereinanderstehende Äste einen größeren Abstand erhalten, drücke ich sie einfach mit einer Klammer auseinander (Bild 49 links). Zum Herabbiegen von dünnen Ästen und Zweigen verwende ich Haken, die ich am nächstunteren Ast einhänge (Bild 49 rechts), vorausgesetzt, daß er kräftig genug ist. Die beschriebenen Formungshilfen müssen aber, sollen sie Erfolg bringen, mindestens ein halbes Jahr eingehängt bleiben. Ich kann mir vorstellen, daß findige Bastler noch auf andere brauchbare Tricks kommen.

Bild 49. Klammern zum Auseinanderdrücken bzw. Zusammenbiegen von steil stehenden Ästen.

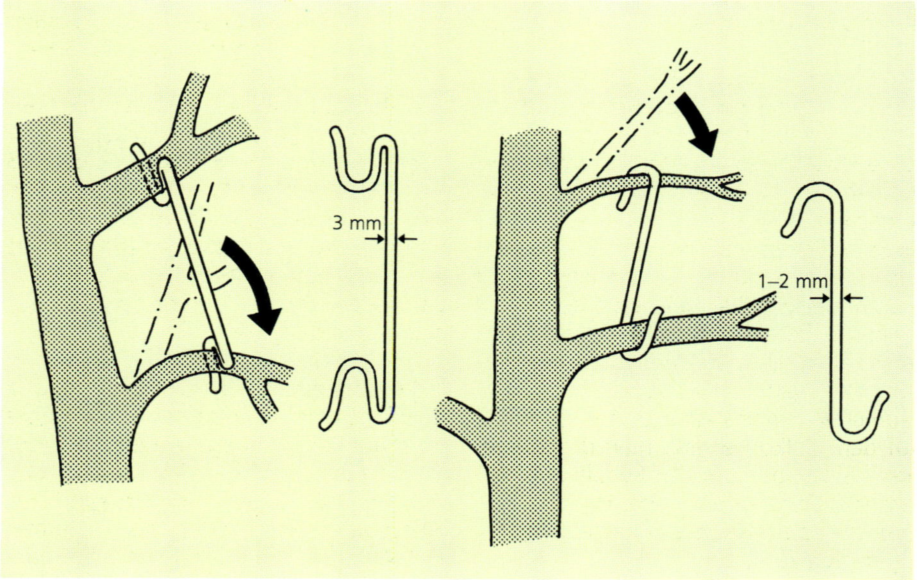

Wie Bonsais überwintern

Da meine Bonsais durchweg winterhart sind, sehe ich in der Überwinterungsfrage kaum Probleme. Meine Bäumchen bleiben während der kalten Jahreszeit im Schattierungsraum. Dort richte ich an der geschützten Gartenhauswand auf dem Boden ein Torfbett her. Alle Bäumchen werden so weit in den Torf eingefüttert, daß die Schalen gerade bedeckt sind.
Jeder Bonsai-Freund wird bei sich zu Hause eine Möglichkeit zum Überwintern seiner Bäumchen finden oder mit geringem Aufwand herrichten können. Der »Verein europäischer Miniaturbaumfreunde« bringt eine Zeitschrift heraus, die über gute Erfahrungen am Kellerabgang, im Lichtschacht, Folientunnel, in der Balkonvitrine und im Frühbeet berichtet (Hefte 5 und 7).
Einheimische winterharte Gehölze können gut im Freien überwintern, sofern man sie vor Schneedruck schützt, damit keine Zweige abbrechen. Die mühsam gestaltete Form wäre dann unweigerlich verdorben.
Auch im Freien muß man die Bäumchen gut in Torf einfüttern oder reichlich mit Laub abdecken. Das bißchen Erde in den flachen Schalen würde die Wurzeln vor Frost kaum schützen. Wer einen Garten hat, kann eine Mulde ausgraben, die Bäumchen hineinstellen und einfüttern. Auf dem Balkon ersetzt man die Mulde durch einen geräumigen Behälter, möglichst aus Styropor oder Holz. In jedem Fall sollte man sie etwas geschützt, aber leicht zugänglich aufstellen.

Zum Überwintern eignet sich jeder Platz, der folgende Bedingungen erfüllt:

- Genügend Helligkeit. Vor allem Immergrüne brauchen im Winter einen hellen, doch absonnigen Platz.
- Temperatur nicht über 10° C ansteigend. Schutz vor extrem tiefen Temperaturen.
- Schutz vor starken Winden.

Bis jetzt haben meine Bäumchen auch längere Kaltwetterperioden mit nächtlichen Temperaturen bis −10° C stets überstanden. Man tut jedoch gut daran, den Temperaturverlauf im Winter etwas im Auge zu behalten. Dauert die Frostperiode bis zu einer Woche an, muß man wenigstens die Nadelbäume an einen kühlen Platz im Haus bringen, damit der Boden auftaut und gegossen werden kann.
Daß Bonsai-Schalen im Winter zerspringen, habe ich (am Oberrhein) noch nie erlebt. In weniger milden Gegenden muß man aber damit rechnen. Hier wäre es empfehlenswert, die Bäumchen herauszunehmen und unmittelbar ins Torfbett (Torf/Gartenerde-Gemisch) zu setzen. Dann allerdings *muß* im Frühjahr neu eingetopft werden.
In Frostperioden darf man die Bäumchen nicht direkter Sonne aussetzen. Durch Strahlungswärme wird ihr Stoffwechsel sonst auf der Sonnenseite mehr angeregt als auf der absonnigen Seite und an den Wurzeln. Das führt zu einem gestörten Wasserhaushalt, vor allem bei wiederholtem Auftauen und Gefrieren. Die Pflan-

zen vertrocknen. Nicht Eingeweihte werden dann von »Erfrieren« sprechen.
Im geschlossenen Frühbeet sorgt Wintersonne für schnelle Erwärmung. Hier sollte auf diese Gefahr besonders geachtet und rechtzeitig schattiert werden.

. . . und im Urlaub?

Wer Bonsais erzieht, begibt sich in eine erhebliche Abhängigkeit; er sollte daher gewissenhaft prüfen, ob er das kann und will. Denn regelmäßig vor jedem Urlaub erhebt sich die Frage, wer wohl die Bäumchen betreut und wässert.

Am besten läßt sich das Problem mit einem zuverlässigen Nachbarn lösen, der im Umgang mit Pflanzen geübt ist. Hat er bei uns rechtzeitig das kleine »Gießpraktikum« absolviert, so wird er uns zufriedenstellend vertreten.
Die zweitbeste Lösung wäre eine Pflegestelle in der nächstgelegenen Gärtnerei. Zwei kleine Umzüge vor und nach dem Urlaub müßten wir dann in Kauf nehmen.
In einigen Städten bieten auch Bonsai-Händler Unterstellmöglichkeiten an.
Wer beides nicht hat, kann sich mit einer automatischen Bewässerungsanlage behelfen (Bild 50).
Er muß dann vor der Abreise einige Stunden für vorbereitende Arbeiten, Montage und Einstellen der Tropfregulierung reservieren. Nach meiner Erfahrung sollte man die Regulierung so einstellen, daß pro Zeiteinheit eher zu viele als zu wenige Tropfen abgegeben werden. Damit ist zwar eine überreichliche Bewässerung vor allem der kleinen Schalen gewährleistet, doch unterbleibt ein Austrocknen, was wesentlich schlimmer wäre.

Bild 50. Tröpfchenbewässerung mit Beckmann-System. Foto H. METZ.

Bild 51. Im Blumenkasten versenkte Miniatur-Bonsais. Foto H. METZ.

Bei Abwesenheit von nur wenigen Tagen schützt man die Bäumchen mit einem durchsichtigen Kunststoffbeutel vor Trokkenheit. Über die Pflanze gestülpt und unter dem Schalenrand lose zusammengebunden, entsteht unter der Hülle eine gespannte Luft, vorausgesetzt, man hat die Erde vor der Abfahrt gründlich befeuchtet. Ein solches Behelfsgewächshaus sollte aber vor praller Sonne geschützt sein.

Hydrokultur. Bemühungen, Bonsais in Hydrokultur zu halten statt in Erdkultur, führten bisher nicht zum gewünschten Erfolg. Sie scheiterten an der Forderung nach flachen Schalen, die nicht genügend Platz für Hydrotank und Haltesubstrat bieten.

Versenkungstrick

Wer auch immer unsere Bäumchen pflegen mag – wir dürfen kaum damit rechnen, daß er soviel Zeit und Fürsorge investiert, wie es uns selbstverständlich ist.

Am meisten sind die Miniatur-Bonsais gefährdet. Damit sie keinen Schaden erleiden, wenn sie nur einmal täglich gegossen werden, bedienen wir uns eines einfachen Tricks: Wir versenken sie samt ihren Schälchen in einem Geranienkasten mit torfreicher Erde (Bild 51). In den sonst frei aufgestellten Schälchen trocknet die Erde rasch aus. Im Blumenkasten aber schützt der umgebende Erdmantel das bißchen Schalenerde vor zuviel Sonnenwärme und Verdunstung, so daß einmaliges Gießen pro Tag genügt. Allerdings wachsen hier die Wurzeln schon bald durch das Abflußloch in die umgebende Erde. Nach

dem Urlaub knipsen wir sie ab, bevor die Bäumchen auf das Bonsai-Brett zurückkommen. Ein gleichzeitiger Triebschnitt – auch die Krone hat sich inzwischen weiterentwickelt – gleicht den Wurzelschnitt aus.
Die Versenkmethode wende ich in heißen Sommern auch bei größeren Bäumchen an: Ich vergrabe sie bis zum Schalenrand im Garten und decke sie mit kurzem Rasenschnitt ab. Diese Mulchschicht hält die Erde länger feucht und ermöglicht das Gießen mit der normalen Gartengießkanne. Das Schnittgras wirkt wie ein Sieb, das ein Wegschwemmen der Erde verhindert. In die so versenkten Bonsai-Schalen wird alsbald der Regenwurm einziehen, was an den typischen Kothäufchen zu erkennen ist. Er schädigt die Pflanzen nicht, und man sollte ihn gewähren lassen – bald verschwindet er von selbst.
Im übrigen entspricht die Versenkmethode genau dem Winterschutz (vgl. Seite 79).

Bonsai ohne Garten?

Nicht jeder Leser besitzt einen Garten, in dem er diesem schönen Steckenpferd nachgehen kann. Mancher ist auf einen Balkon oder gar ein Zimmer angewiesen. Damit sind der Beschäftigung mit Bonsai von vornherein Grenzen gesetzt.

Balkon-Bonsai

Wer mit dem Balkon vorliebnehmen muß, kann dort kaum die vielen Übungspflanzen aufstellen, die er in den ersten Jahren des Experimentierens braucht. Im Laufe der Zeit wird sich seine Beschäftigung mit Bonsai auf reines Gestalten sowie auf Gießen und gelegentliches Umtopfen beschränken.
Und doch hat auch das Erziehen nur weniger Bäumchen einen Vorzug: Der Bonsai-Freund, der, etwa im Hochhaus, wesentlich naturferner leben muß als ein Gartenbesitzer, erlebt hier die Natur in ihrem wunderbaren jahreszeitlichen Ablauf aus nächster Nähe (Bild 52).
Weit mehr als im Garten ist auf dem Balkon die Standortfrage wichtig. Nicht alle Pflanzen stellen gleiche Ansprüche an Licht, Luft, Temperatur und Wasser. Aber Wind, Regen und vor allem Sonne brauchen viele Bonsais, wenn sie gesund und kräftig bleiben sollen. Vor dem Erwerb eines Bäumchens heißt daher die vorrangige Frage: Erhält der Balkon ausreichend Sonnenlicht? Ein Nordbalkon scheidet oft von vornherein aus. Bei günstiger gelegenen Balkonen sollte noch herausgefunden werden, an welcher Stelle das Sonnenlicht vom Frühjahr bis zum Herbst am längsten verweilt, und

dort sollte der Bonsai dann stehen. Das Schattenproblem stellt sich natürlich auch im Hausgarten. Aber hier wie dort kann man ihm durch entsprechende Auswahl geeigneter Pflanzen begegnen. Die Tabelle auf Seite 75 gibt Auskunft, welche Gehölze sonnenhungrig sind und welche mit Halbschatten auskommen.

Aus Amerika bekannt gewordene Versuche mit Kunstlicht scheinen mir zu weit zu gehen. Wo ich ein Bäumchen nur noch mit Hilfe künstlicher Beleuchtung über die Runden bringe, muß ich mein Bonsai-Steckenpferd aufgeben und nach einer Freudenquelle Ausschau halten, die auch ohne Sonnenwärme sprudeln kann.

Zimmerbonsai mit Exoten

Bonsai-Kultur ist nicht ausschließlich an den Garten gebunden, auch nicht an einen Frischluftplatz auf dem Balkon – sogar im Zimmer kann man sich ihr widmen (Bild 53).

Pflanzenauswahl. Die dafür geeigneten Pflanzen sind meist tropischer Herkunft und brauchen, wie in ihrer Heimat, nicht unbedingt Winterruhe. In den beheizten Wohnungen unserer Breiten ist es das ganze Jahr über warm, und könnten sie mehr Feuchtigkeit bieten, so wären die wichtigsten Bedingungen für ein tropisches Klima gegeben. Wo aber ein geschlossenes Blumenfenster oder gar ein Wintergarten vorhanden ist, steht nichts mehr im Weg, mit der Gestaltung von Zimmerbonsais zu beginnen.

Bild 52. Die Zuckerhutfichte, gut geeignet für Übungen am Geradstamm, wirkt unter der Schneehaube besonders reizvoll. Foto H. Metz.

Bild 53. *Ficus microcarpa,* ein etwa 30 Jahre alter Zimmerbonsai. Foto roebild-ERNST MÜLLER.

Wer bereits erfolgreich Zimmerpflanzen gepflegt hat, dem fällt es nicht schwer, auf Zimmerbonsai umzusteigen. Er braucht lediglich die Grundregeln zu beachten, die für die Haltung von Bonsais allgemein gelten:

- Die Pflanzen müssen verholzen
- Die Blätter sollten möglichst klein sein, damit der Bonsai-Charakter gewahrt bleibt
- Langsam wachsende Pflanzen sind leichter in eine ansprechende Form zu bringen
- Die Unterpflanzung sollte zum tropischen Baumtyp passen (*Sempervivum*, Zwergkakteen, tropische Gräser, Moose usw.).

Andererseits zwingen bestimmte Eigenschaften der tropischen Pflanzen den Bonsai-Freund, von manchen Gepflogenheiten abzugehen, da viele dieser Gehölze sehr dicke Stämme und Äste entwikkeln. So ist im Zimmer ein Gestalten mit Drähten aus ästhetischen Gründen kaum denkbar. Wichtigste Werkzeuge sollten hier Fingernägel und Schere sein.

Die im subtropischen Raum, z. B. am Mittelmeer beheimateten Pflanzenarten benötigen zu gutem Gedeihen einen zwischen Tag und Nacht schwankenden Temperaturrhythmus. Dieser ist während der Sommermonate auch in unserer Klimazone gegeben. Im Winter läßt er sich leicht einhalten, wenn die Zimmertemperatur nachts abgesenkt wird. Diesen Temperaturwechsel ertragen übrigens auch die meisten tropischen Pflanzen.

Bild 54. Die im Wasser liegenden Steine vergrößern die Verdunstungsoberfläche und sorgen so für höhere Luftfeuchtigkeit.

Standplatz. Allgemein werden Zimmerbonsais dort gut gedeihen, wo sie einen hellen Platz (Süd- oder Westfenster) mit genügend hoher Luftfeuchtigkeit bekommen. Das ist besonders wichtig für die Pflanzen aus tropischen Gebieten. Wer weder einen Wintergarten noch ein geschlossenes Blumenfenster besitzt, sollte die Luftfeuchtigkeit durch häufiges Übersprühen erhöhen oder einfacher durch Aufstellen der Bäumchen in Schalen, die mit Kies und Wasser gefüllt sind. Die zahlreichen Steine vergrößern die Verdunstungsoberfläche, so daß die Bonsais ständig von feuchter Luft umgeben sind. Statt der Kieselsteine kann man auch andere Steine verwenden. So entsteht zugleich eine gefällige, zu den Pflanzen passende Wasserlandschaft (Bild 54). In der folgenden Aufstellung sind einige für den Fensterplatz geeignete Pflanzenarten genannt. Alle lassen sich zu Zimmerbonsais erziehen. Über dieses Gebiet gibt es noch wenig praxisnahe Literatur, und man darf gespannt sein auf weitere Entdeckungen, die uns begeisterte Bonsai-Freunde künftig vorstellen.

Geeignete Pflanzen zur Erziehung von Zimmerbonsais

Brautmyrte – *Myrtus communis*
Efeu – *Hedera helix*
Gummibaum – *Ficus microcarpa*
Kamelie – *Camellia japonica*
Olivenbaum – *Olea europaea*
Rosmarin – *Rosmarinus angustifolius*
Schefflera – *Brassaia actinophylla*
Serissa – *Serissa foetida*
Zwergbambus – *Sasa pygmaea*

Woran man sonst noch denken sollte . . .

Eine Werkstatt

Am Anfang unserer Bonsai-Betätigung werden wir in der Regel einige getopfte Jungpflanzen besitzen, die mit einem nicht immer würdigen Platz am Boden vorliebnehmen müssen. Doch bald merken wir, wie wenig das Arbeiten mit dieser Bodenkultur befriedigt, und wir halten Ausschau nach einem bequemeren Arbeitsplatz sowie nach einer Stellmöglichkeit in Augenhöhe, damit wir das Gedeihen unserer Bäumchen in aufrechter Haltung beobachten können.
Bild 55 zeigt, wie ein Bonsai-Domizil aussehen könnte: Der etwa 2,5×5,0 m große Pergolaraum, an das Wohnhaus, Gartenhaus, die Garage oder sonstwo angebaut, bietet Platz für 40–50 Pflanzen. Die Wände des Anbaus bestehen aus senkrechten Dachlatten, im Abstand von 5 cm angenagelt. Auch das Dach ist eine solche Lattenkonstruktion. Sie läßt genügend Sonnenlicht hindurch, sorgt aber gleichzeitig für angenehmen Schatten.

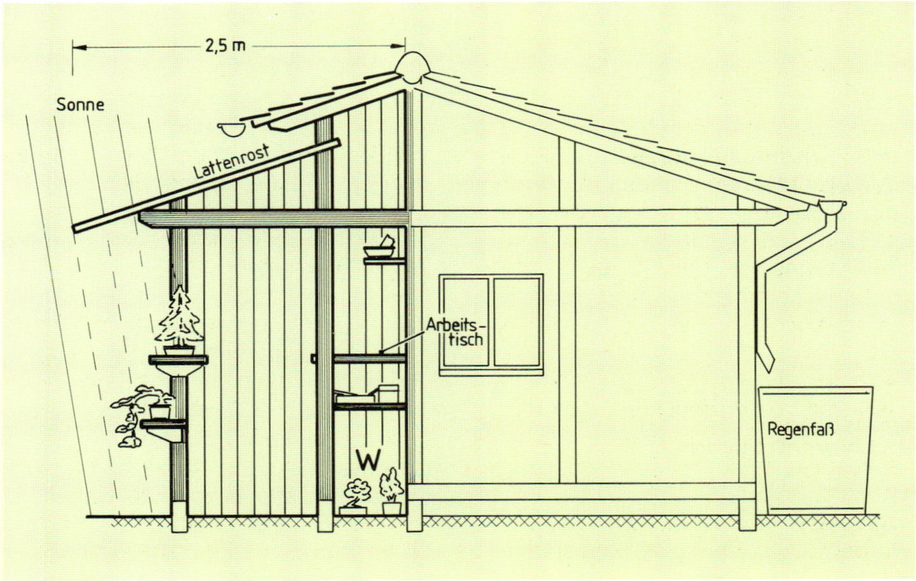

Bild 55. Ein schattierbarer Arbeitsraum zum Üben und Umpflanzen, in dem die Bonsais auch überwintern können. **W** Torfbett zum Einfüttern der Bäumchen.

Auch ich hatte für das Dach zunächst diese offene Konstruktion gewählt, die mir aber unvermuteten Ärger bescherte. Bei Regen nämlich sammelte sich das Wasser an den Lattenkanten und schoß messerscharf auf meine Topfbäumchen herab. Ergebnis: Das Regenwasser schnitt und schlug im Lattenabstand Gräben und Löcher in die Topferde. So blieb mir, nachdem ich diesen Vorgang mehrmals erleben mußte, nichts anderes übrig, als etwa die Hälfte des Häuschens mit glasklarem Plexiglas abzudecken. Dieses hält mir jetzt den löcherbohrenden Regen von den Pflanzen fern, doch leider auch einen Teil des Sonnenlichts.

So habe ich Regenfälle, insbesondere Gewitterschauer, bisher als meine größten Widersacher kennengelernt und weiß seither die Schutzwirkung der Unterpflanzung sehr zu schätzen. Auch die freie Natur schützt sich gegen Erosion und duldet keine nackte Erdoberfläche. Offener Boden wächst dort in kürzester Zeit zu. Im Garten bezeichnet man diese Schutzdecke als Unkraut und vergißt dabei ganz den eigentlichen Sinn ihres Daseins. Der Bonsai-Anfänger sollte daher frisch eingetopfte Pflanzen nicht nur vor Sonne, sondern auch vor starken Regengüssen schützen.

Zeit und Geld

Geld. Bonsai ist in den Verdacht geraten, ein teures Steckenpferd zu sein. Das mag für den zutreffen, der sich darauf beschränkt, wertvolle Importbäumchen aus Fernost zu kaufen. Besser sieht die Rechnung aus, wenn wir unsere Bäumchen selbst heranziehen.
Meine eigene Bilanz stellt sich folgendermaßen dar:

Schattierungsraum (Eigenbau)	DM	500,–
Baumschulpflanzen (Grundstock)		100,–
Schalen (50 Stück à DM 12,–)		600,–
Werkzeuge und Hilfsmittel		200,–
Bewässerungsanlage		150,–
Sonstiges		350,–
Insgesamt	DM	1 900,–

Ein ansehnlicher Betrag zwar, aber ich glaube, nicht einmal Briefmarkensammeln ist heute billiger. Von den unvermeidlichen laufenden Kosten, pro Jahr etwa DM 100,–, abgesehen, wird sich der errechnete Betrag kaum erhöhen.
Zeit. Auch die Frage, wieviel Zeit das Betreuen der Bonsais in Anspruch nimmt, möchte ich nicht übergehen, damit man weiß, was auf einen zukommt.
30 Anfängerpflanzen verlangen etwa eine halbe Stunde täglicher Zuwendung. Sie erhöht sich im Frühjahr und Herbst kurzzeitig auf höchstens 1 Stunde durch zusätzliche Ein- und Umtopfungsarbeiten. Im Winter sinkt der Zeitaufwand für Freilandbonsais auf ½ Stunde pro Woche, da sich während der Ruhepause unsere Beschäftigung nur auf gelegentliches Wässern beschränkt.

Buchführung

Wachsende Pflanzen verändern sich stetig – wir merken es kaum durch den täglichen Umgang mit ihnen. Wer viele Bäumchen zu betreuen hat, vermag sich später nicht mehr zu erinnern, wie diese oder jene Pflanze ursprünglich ausgesehen hat, und gelegentlich bedauert er, daß er kein Tagebuch geführt hat – mancher Fehler ließe sich vielleicht vermeiden. Wer dagegen die Gestaltwerdung bewußt verfolgen möchte, dem sei empfohlen: Fotografieren Sie Ihre Bonsais immer wieder. Ein solches Foto kann der Hauptbestandteil eines »Jahrblatts« sein, das ich in folgender Weise anlege: In eine Klarsichthülle (DIN A4) stecke ich ein Blatt Papier, das 5 Informationen enthält: Baumart, Anzucht (Sämling, Steckling, gesammelt), Erwerbsjahr, Herkunft, Umtopftermine. Ein Teil der Fläche bleibt für wichtige Zusatzinformationen frei. In den unteren Teil kommt ein Foto des Bäumchens und daneben eine Freihandskizze (vom Foto auf transparentes Papier durchgepaust) mit den wichtigsten Maßen.
Alle wichtigen Maße (Gesamthöhe, Kronendurchmesser, Stammumfang usw.) tragen wir in die Skizze ein, schreiben das Aufnahmedatum dazu und halten so auf einfache Weise den Entwicklungsstand unseres Zöglings fest.
Anregungen zu einem Arbeitsblatt gibt auch die Zeitschrift Nr. 5 vom »Verein europäischer Miniaturbaumfreunde«.

Ausblick

In einem Buch, das sich an den Bonsai-Anfänger wendet, sollten weiterschauende Überlegungen nicht fehlen.

Kontakte zu Gleichgesinnten

Ohne Anregung von außen wird kaum jemand die Stufe eines Meisters erreichen, auch nicht der Bonsai-Gärtner. Eine erste Zeit des eigenen, stillen Probierens ist zwar gut und notwendig, aber eines Tages müssen wir dann bereit sein, die Unterstützung Gleichgesinnter zu suchen und anzunehmen. Ihr freundschaftlicher Rat und ihre Bestätigung vermitteln uns Freude und neuen Schwung zum Weitermachen.
Mehr im Vorbeigehen werden wir Kontakte zu Angestellten oder Besitzern von Bonsai-Geschäften knüpfen. Oft sind sie gute Gesprächspartner. Bessere und mehr Möglichkeiten finden wir in Bonsai-Vereinigungen. Sie bieten mit Gesprächsabenden, Seminaren und Exkursionen wertvolle Hilfen. So erfreulich die Aktivitäten der Vereine sind, so bedauerlich ist es, daß sie sich nur auf wenige Orte konzentrieren.
Mit Freude läßt sich jedoch feststellen, daß Bonsai schnell den Weg zu neuen Anhängern findet. Die hier und da entstehenden Arbeitskreise und Stammtischtreffs weisen auf das große Bedürfnis des Erfahrungsaustauschs hin.

Wie viele Bäumchen »braucht« der Bonsai-Gestalter?

Für den modernen westlichen Menschen ist es nicht leicht, sich zu freuen ohne zu »haben«.

E. FROMM

Wer nach einem tieferen Verständnis für die Bonsai-Idee strebt, wird erkennen, daß es nicht auf die Anzahl der vorhandenen Bonsais ankommt.
Wer aber Bonsai zu seinem Steckenpferd erkoren hat, braucht Übungsmaterial – je mehr, desto besser. Erst mit zunehmender Erfahrung wird man anspruchsvoller und sortiert die unzureichenden Exemplare aus. Ein Meister mit langjähriger Erfahrung wird nur noch seine schönsten Bonsais besitzen – und das sind wenige.

Vom Lehrling zum Meister

In jedem Handwerksberuf beginnt man als Lehrling seine ersten Erfahrungen zu sammeln; die Gesellenzeit schließt sich an, und mancher Begabte krönt seine Laufbahn mit der Meisterprüfung. Ähnlich verhält es sich beim Bonsai-Amateur. Der Kenntnisstand eines Bonsai-Gesellen könnte sich dann an folgenden, grob umrissenen Lernzielen orientieren:

- Jede wichtige Baumform hat er gestaltet.
- Eine Felsen- und Waldform kann er zusammenstellen.
- Im Vermehren, Pfropfen, Veredeln und Vergreisen kennt er sich aus.
- Kranke Bäume weiß er zu behandeln.

Die Zeit, die nötig ist, um diese Stufe zu erreichen, hängt ab von der Begeisterung jedes einzelnen Bonsai-Freundes. Aber mindestens 5–6 Jahre wird er dazu brauchen – es sei denn, er habe durch eine gärtnerische Ausbildung schon einen Vorsprung.

Wer Außergewöhnliches auf diesem Gebiet leistet, dem wird der »Bonsai-Meisterbrief« verliehen. Die Entscheidung darüber obliegt anerkannten Meistern, die sein Bäumchen aus künstlerischer Sicht bewerten.

Das verdeutlicht, daß Bonsai keinerlei Grundlage besitzt, wo es nur als modische Narretei betrieben wird.

Auf eigenen Füßen stehen

Soll Bonsai auch in Europa eine Zukunft haben, dann liegt noch ein herbes Stück Kulturarbeit vor uns. Zwar respektieren und schätzen wir die Tradition des fernöstlichen Bonsai, auch das Können alter und neuer Meister, doch werden wir uns allmählich loslösen von diesen Vorbildern und eigene Wege suchen müssen. Die Richtung zu weisen, gehört mit zur Hauptaufgabe unserer Bonsai-Vereine.

Bonsai à la française. Ein bemerkenswertes Beispiel für einen anderen Weg gibt der Franzose Gérard Leprêtre. Einige seiner Bäumchen sind in diesem Buch abgebildet. Wie Leprêtre zu seinem Steckenpferd kam und es weiterentwickelte, ist für mich so einmalig, daß ich kurz darüber berichten möchte.

In einem Brief beschreibt er seine Empfindungen während eines Sonntagsspaziergangs, der den gerade Zwölfjährigen mit seinen Eltern in einen Wald führte. Unter den hohen Bäumen mit ihren gewaltigen Stämmen, für ihn großartig und bedrohlich zugleich, träumt der Junge davon, aus den Riesen Zwerge zu machen, damit er sie näher bei sich spüre. Er, der keine Ahnung davon hat, daß auf der anderen Seite der Erdkugel Menschen schon vor Jahrhunderten einem ähnlichen Wunsch nachgaben, gräbt zwei junge Bäumchen aus und pflanzt sie in Töpfe. Heute, nach bald 30 Jahren, sind sie nicht höher als 60 cm, und er freut sich jeden Tag darüber, wie gesund und schön sie aussehen. Erst als Erwachsener und nach jahrelangen Versuchen mit der »Verzwergung« von Bäumen stößt er auf eine englischsprachige Bonsai-Publikation und stellt verwundert fest, daß er fast alles, was er hier liest, längst selbst praktiziert hat. Dennoch ist er von den Fotos japanischer Bonsais so fasziniert, daß er sofort beginnt, für eine »Bonsai-Traumreise« nach Japan zu sparen. Einige Jahre später wird der Traum Wirklichkeit.

Bei allem, was er in Japan über die festgefügte Bonsai-Tradition erfährt, beeindruckt ihn vor allem die Möglichkeit, Bonsai in den Rahmen einer vertieften geistigen Betrachtungsweise zu stellen. Er befaßt sich intensiv damit und wendet sich sogar dem Zen-Studium zu. Heute bestimmt eine Mischung aus eigener und östlicher Bonsai-Philosophie sein Tun, und er meint, durch Bonsai ein anderer Mensch geworden zu sein. Er ist sogar überzeugt, daß Bonsai manchem seelisch Leidenden ein Weg zur Heilung sein könnte. LEPRÊTRE nennt seine Art, Bonsais zu erziehen und zu betrachten, »Bonsai à la Française« (Französischer Bonsai). Er sieht Bonsai als Einheit mit der Umgebung. So rückt Bonsai à la Française in dreierlei Hinsicht von den japanischen Regeln ab: Es

- wirkt erst im Zusammenspiel mit seiner Umgebung
- bevorzugt mehr geometrische und symmetrische Formen, die auch im französischen Garten vorherrschten
- harmoniert auch mit schweren Steintöpfen. Durch sie sollen die Bäumchen imposanter erscheinen.

Bild 56. Rotbuche. Ausgegraben, 80 Jahre alt, 80 cm hoch. Foto DR. A. KRASSAI.

Bonsai als Aufgabe für ältere Menschen

An dieser Stelle möchte ich noch den älteren Leser ansprechen. Ihm kann für die künftige europäische Bonsai-Kultur eine besondere Rolle zukommen. So erfreulich aufgeschlossen sich viele junge Menschen heute für Bonsai zeigen, so ungewiß ist es, ob sie dabei bleiben. Sie sind unternehmungslustig, wollen Neues erleben, fremde Länder, Städte und Menschen kennenlernen. Da bleibt wenig Spielraum für das bedächtige Erziehen solcher Bäumchen, das Ausdauer und Geduld verlangt.

Es wäre deshalb gleichermaßen gut für die Sache wie für die Ausgleich suchenden älteren Menschen, wenn sie sich mit Bonsai beschäftigten. Wer meint, die ihm verbleibende Zeit reiche dafür nicht aus, den möchte ich mit Martin Luther ermuntern, sein »Ja« zum Apfelbäumchen zu sagen, und mit Saint-Exupéry den »weisen Mann zu loben, der eine Zeder pflanzt, obwohl er sich nichts erhofft von ihrem fernen Schatten«! Bonsai ist eine schöpferische Aufgabe, die Freude und Erwartung in das Einerlei unseres Alltags bringen kann.

Das Wichtigste auf einen Blick

Bonsai-Definition

Bonsais sind normalwüchsige Gehölze, die durch gezielte Maßnahmen kleingehalten werden.

Gewöhnliche Bonsais sind höchstens 1 m hoch.

Miniaturbonsais sind höchstens 12 cm hoch.

Zwergwüchsige Gehölze eignen sich besonders gut für Miniaturbonsais.

Ausgangsmaterial

Ausgangsformen: Sämlinge, Stecklinge, Baumschulpflanzen, im Freien ausgegrabene Bäumchen

Pflanzenmaterial: Einheimische Pflanzen finden bei uns die besten Wachstumsbedingungen, außerdem sind sie winterhart.

Kleinblättrige und kurznadelige Arten kommen der Bonsai-Ästhetik am meisten entgegen.

Beim Ausgraben beachten

Ausgrabzeit: Frühjahr, eventuell Herbst

Erlaubnis einholen beim zuständigen Forstamt

Geeignetes Handwerkszeug verwenden

Transport in feuchter Erde

Abgerissene Wurzeln glattschneiden

Größere Bäumchen erst im Gartenbeet sich erholen lassen, dann eintopfen

Stecklinge

Sofort nach Schnitt stecken

Laubgehölze im halbharten Zustand schneiden

Nadelgehölze im ausgereiften Zustand schneiden

Wurzelbildung dauert bei Nadelgehölzen länger als bei Laubgehölzen

Luftfeuchtigkeit durch Glasabdeckung aufrechterhalten

Stecklingserde: 1 Teil scharfer Sand, 1 Teil Torf

Sämlinge

»Bonsai-Samen« ist normaler Samen von freiwachsenden Gehölzen.

Aussaat im Frühjahr

Pikieren, wenn erste Laubblätter entwikkelt sind

Bonsai-Erde

Vorschlag für eine *Erdmischung*: 5 Teile Humus, 2 Teile Torf, 2 Teile Sand, 1 Teil Lehm

Sterilisieren der selbst hergestellten Erde, um Schaderreger abzutöten.
Weniger Aufwand: Fertige Bonsai-Mischung kaufen

Eintopfen, Umtopfen, Bonsai-Schalen

Zeitpunkt zum Versetzen: Frühjahr oder Herbst
Staunässe vermeiden durch Dränageschicht
An Wurzeln haftende alte Erde nicht ganz abschütteln
Umtopfintervall: jüngere Pflanzen 1mal jährlich
Wurzeln nicht in Sonne und Wind trocknen lassen
Trockene Erde verwenden: rieselt leichter zwischen die Wurzeln
Standfestigkeit größerer Pflanzen mit Draht sicherstellen
Wurzelansätze sichtbar machen
Kein Gießrand bei älteren und schönen Bonsais
Moosauflage verschönert das Gesamtbild und reduziert die Wasserverdunstung.
Vorsicht, nicht jedes Moos eignet sich!
Unglasierte Schalen bevorzugt verwenden
Form, Farbe und Größe der Schale dürfen das Bäumchen nicht erschlagen
Schale muß kürzer sein, als der Baum hoch ist
Schalenvorrat anlegen, erleichtert das Eintopfen
Kaskaden in tiefe Schalen pflanzen

Werkzeuge und Hilfsmittel

Minimalausstattung genügt für den Anfang

Aufstellung, Urlaubspflege, Überwinterung

Aufstellung: Sämlinge, Stecklinge und frisch eingetopfte Bäumchen stets einige Zeit vor Sonne, Wind und Regen schützen
Freilandpflanzen gehören nicht ins Zimmer
Gute Bonsais wirken an bevorzugtem Platz am besten
Balkon: Lichtverhältnisse studieren, geeignete Pflanzen wählen
Zimmer: Geeignete Pflanzen wählen, Exoten brauchen Licht, Wärme und Feuchtigkeit
Urlaub: für zuverlässige Pflege sorgen
Dem Vertrocknen vorbeugen: bei längerer Abwesenheit Schalen in Erde versenken
Überwinterung, im Freiland: einheimische Arten im Torfbett an geschützter Stelle
im Frühbeetkasten: an sonnigen Frosttagen schattieren
im Haus: an einem kühlen, hellen Platz
Wurzelballen stets leicht feucht halten
Durchgefrorene Wurzelballen nicht gießen

Pflege, Krankheiten

Gießen: dem Wässern größte Sorgfalt widmen
Bei heißem oder windigem Wetter mehrmals am Tag gießen
Regenwasser (sauberes) anderem Wasser vorziehen
Morgens und abends wässern, nie in der Mittagshitze
Düngen: nur in der Vegetationsperiode
Organische Dünger bevorzugen
Düngen im 3-Wochen-Abstand mit halber Dosis
Krankheiten: Häufige Pflegefehler: zu nasser oder zu trockener Wurzelballen, Verbrennungen
Bei echten Krankheiten möglichst auf

Giftpräparate verzichten. Im Notfall Fachmann befragen.

Gestaltung

Baumformen: Im Freien natürliche Formen studieren, gibt Sicherheit beim Gestalten

Als Anfänger sich auf wenige Baumformen beschränken

Schnitt: Vor dem Schnitt Vorderseite des Baumes festlegen

Entfernung von Ästen sorgfältig überlegen

Zweige und Triebe knapp über einem Auge abschneiden

Schneidübungen an Freilandgehölzen zum Sicherwerden

Triebe entfernen, solange sie weich sind – Triebschnitt bewirkt dichte Verzweigung

Triebschnitt im August beenden

Blattschnitt nur, wenn nötig, dann Stiele stehenlassen

Bei Nadelgehölzen Triebspitzen ausbrechen, keine Nadeln abschneiden

Wurzelballen 1mal jährlich ausdünnen, dabei auf Erhalt der Wurzelhaare achten

Pfahlwurzelschnitt eventuell auf mehrere Jahre verteilen

Drahten: keine Drahtung an frisch getopften oder ausgegrabenen Bäumchen

Eloxierten Aluminiumdraht verwenden

Lockere Drahtung bei dünnen Pflanzenteilen

Stramme Drahtung bei dicken Pflanzenteilen

Drahtung regelmäßig prüfen und abnehmen, bevor sie einwächst, damit die Pflanze nicht verletzt wird.

Weiterführende Literatur

AICHELE/SCHWEGLER, Welcher Baum ist das? Kosmos

BEHME, R. L., Bonsai, Heyne

BRAUN, H. J., Bau und Leben der Bäume, Rombach

DIETIKER, U., Bonsai, Hallwag

HUMPHRIES/PRESS/SUTTON, Der Kosmos-Baumführer, Kosmos

KAWAMOTO, Saikei, BLV

KÖHLEIN, O., Pflanzen vermehren, Ulmer

KREKELER, H., Bonsai-Praxis, Parey

LAMPE, R., Koniferen, Kosmos

LESNIEWICZ, P., Die Welt des Bonsai, BLV

MITCHELL/HAYNES, Pflanzen vermehren – aber richtig

PHILLIPS, R., Das Kosmosbuch der Bäume, Kosmos

SCHMIDT, W., Die Kunst des japanischen Bonsai, Ulmer

SEIFERT, A., Gärtnern, Ackern – ohne Gift, Biederstein

ZECH, H., Bäume und Sträucher, Kosmos

Bonsai-Vereinigungen

Belgien
Vlaamse Bonsai Vereniging
Eikstraat 60
B-9300 Aalst

Dänemark
Dansk Bonsai Selskab
Søbredden 22
DK-2820Gentofte

Deutschland
Verein deutscher Bonsai-Freunde e. V.
Postfach 1402
D-3000 Hannover 1

Verein europäischer
Miniaturbaumfreunde e. V.
Postfach
D-6900 Heidelberg 1

Frankreich
Association Française des Amateurs
de Bonsai
25, rue de Chateaubriand
F-92290 Chatenay-Malabry

Holland
Nederlandse Bonsai Vereniging
Piet-Moeskop-Straat 7
NL-2807 Gouda

Italien
Assoziazione Italiana Bonsai
Via G. Bruno 2
I-50 136 Firenze

Luxemburg
Bonsai-Club Luxembourg
4, Cité Kennedy
7234 Helmsange/Luxembourg

Österreich
Österreichischer Bonsai-Club
Zaunmüllerstraße 1
A-4020 Linz

Schweiz
Bonsai-Club des Suisse Romande
CH-1052 Le Mont-5/Lausanne

Schweizer Bonsai Liebhaberclub
Heidenhofstraße 12
Ch-6003 Luzern

Schweizer Bonsai-Club
Postfach
CH-5107 Schinznach-Dorf

Sachregister